술 먹는 책방

동 네 서 점 북 바 이 북 이 야 기

술 먹는 책방

김진양 지음

나무
나무

차례

프롤로그
완벽하게 무장해제 될 수 있는 공간을 꿈꾸며 8

술 먹는 책방 북바이북 만들기 첫 번째 이야기
드라마 〈심야식당〉 주인장과 같은 삶을 꿈꾸다 12

Part 1 책과 술을 잇다
책과 술, 오묘한 조합의 시작 28
좌충우돌 북바이북 메뉴판 짜기, 커피가 있는! 술이 있는! 40
유쾌한 상암동 골목길 콜라보레이션 프로젝트 52
이제 대세는 치맥 아닌 책맥! 62

술 먹는 책방 북바이북 만들기 두 번째 이야기

1˚ 작은 책방의 꿈, 달리는 마을 버스 안에서 **68**
2˚ 상암홀릭의 시작, 상암동 먹방의 메카(?!) **78**

Part 2 책과 음악을 잇다

책방엔 음악이 빠질 수 없지! 북바이북 BGM **92**

동네 바보언니(?) 박국장님&동네아티스트 박근쌀롱, 박 남매 이야기 **100**

개성 강한 전문 직업인들의 모임, 상암쌀롱의 탄생 **110**

상암동 젊은 사장 동지, 음악마케터에서 막걸리전문점 사장되기 **118**

술 먹는 책방 북바이북 만들기 세 번째 이야기

1° 이름대로 산다, 북바이북이라는 이름의 탄생 128
2° 어떤 영감을 얻을 수 있을까? 도쿄 서점 투어 138

Part 3 책과 사람을 잇다

북바이북 정신적 지주, 키다리 아저씨 156

잘생긴 일반인(?), 알고 보니 아나운서 166

코스피족 단골손님, 혼자여도 괜찮아 174

책들을 더욱 빛나게, 삐뚜름한 책장 마누파쿰 184

'팥티쉐'에 빵 터진 사연, 배러댄초코렛 194

술 먹는 책방 북바이북 만들기 네 번째 이야기

1° 몇 날 며칠 콜센터 직원처럼 **202**
2° '언니'라 불리는 내 인생의 동반자 **212**
미녀 알바 일지 222

Part 4 책과 북바이북을 잇다

책방과 독자가 만나는 방법, 북바이북 칠판 메시지의 위력 **230**

북바이북에서 커피를 무료로 마시는 6가지 방법 **238**

북바이북에만 있는 책장 카테고리, '상암동 PD님들' **250**

술 먹는 책방 북바이북 만들기 다섯 번째 이야기

책보다 콘텐츠, 나는 왜 동네책방 주인장이 되었을까 **256**

part 5 우연과 인연을 잇다

별일 많은 상암동 동네책방, 그래서 재미있는 작은 세상 **270**

완벽하게 무장해제 될 수 있는 공간을 꿈꾸며

불과 몇 년 전, 나는 여자가 다니기 좋은 회사라고 평가 받는, 누가 봐도 안정적인 회사에 다니는 평범한 직장인이었다.

'앞으로는 그냥 오랫동안 회사에 다니면서 저축도 좀 하고 좋은 사람 만나서 행복한 결혼생활을 하면 되겠구나' 라고 생각하며 내 앞에 펼쳐질 평범한 현실을 받아 들일 때가 있었다.

하지만 문득문득 그냥 이대로 현실에 안주할 것인가? 평범한 직장인으로서의 삶이 과연 내가 진짜로 원하던 삶인가? 하는 의문이 들었다. 이대로 쭉 살아갈 것인지, 더 늦기 전에 또 한번 인생의 변화를 시도해야 할 것인지, 어느 날 결정해야 했다.

술 먹는 책방. 그렇게 난 내 인생에서 또 한번 터닝포인트를 맞이했다. 잘 풀리지 않고 있는 것 같았던, 그래서 답답했던, 그래서 외로웠던 그 시절을 지나고 나니 어느덧 난 책방 주인장이 되어있다.

이제 나는 이 책방이 그 때의 나처럼 비슷한 감정을 느끼고 있을 누군가의 안식처가 되었으면 좋겠다고 생각한다.

'술'이 있어 더욱 완벽하게 무장해제 될 수 있는 공간이길 바란다. 그리고 난 지금 북바이북에 오는 모든 사람들이 북바이북에서 그럭저럭 하루를 '괜찮게' 보낼 수 있기를 바란다.

술 먹는 책방. 가장 편안한 공간에서 제일 행복한 순간을 함께 나누길 바라면서….

2015년 겨울에서, 봄을 맞이하며
오늘은 또 어떤 행복한 일들이 벌어질까 기대되는 북바이북에서

술 먹는 책방. 그렇게 난 내 인생에서 또 한번 터닝포인트를 맞이했다.
잘 풀리지 않고 있는 것 같았던, 그래서 답답했던,
그래서 외로웠던 그 시절을 지나고 나니 어느덧 난 책방 주인장이 되어있다.
그 때의 나처럼 비슷한 감정을 느끼고 있을
누군가의 안식처가 되었으면 좋겠다고 생각한다.

술 먹는 책방
북바이북 만들기
첫 번째 이야기

드라마 〈심야식당〉
주인장과 같은
삶을 꿈꾸다

일본 드라마 〈심야식당〉을 즐겨 보았다. 아마 바쁜 직장 생활에 허덕이며 하루하루를 보내던 날들로 기억한다. 촉촉한 감성이라곤 눈을 씻고 봐도 찾기 힘들 정도로 건조한 일상을 어쩔 수 없이 하루 하루 반복하던 그 때. 그 시절, 유독 이 드라마에 깊은 인상을 받고 푹 빠졌던 이유는 아마도 〈심야식당〉의 주인장 같은 인생을 살고 싶다는 생각을 마음 깊숙이 간직하고 있었기 때문이었을 것이다. 다른 가게가 거의 문을 닫는 밤 12시쯤 문을 여는 이 식당에는 저마다 자기만의 사연을 간직한 사람들이 하나둘씩 찾아온다. 그러곤 먹고 싶은 음식을 주문하고 주인장이 갖고 있던 재료로 정성껏 음식을 만들고 사람들은 음식을 맛있게 먹으며 추억을 되새긴다. 손님들의 이야기는 조금씩 풀어지고 드러나게 되는데 그들의 내

밀한 사연은 주인장이 만들어준 음식과 함께 버무려져 기억 속에서 절대 잊혀지지 않는 짙은 추억이 된다. 자기도 모르는 사이에 음식의 이름과 맛과 향기에 깃든 이야기를 털어 놓았던 손님들은 〈심야식당〉이라는 작은 공간과 새벽이 다가오는 푸른 시간 속에서 영혼이 따스해질 정도로 위로를 받는, 힐링의 시간을 갖는다. 각양각색의 사람들이 간직하고 있는 지극히 개인적인 이야기들이 모였다가 풀어지는 곳 〈심야식당〉. 손님들의 사연을 아무 말없이 들어주며 공감하는 주인장처럼 나도 누군가에게 의지가 될 수 있는 사람이 될 수 있으면 좋겠다고 생각했다. 속내를 털어 놓을 수 있을 만큼, 낯선 사람들에게도 편안한 사람으로 다가갈 수 있는 바로 그런 사람이 되고 싶었다.

천성이 사람을 무척이나 좋아한다. 사교성이 좋다는 말도 많이 들었고, 만나면 친근한 느낌이 들어서 좋다는 이야기도 많이 들었다. 오죽 사람 만나고 이야기하는 것을 좋아했으면 사람들을 엄청나게 많이 만나는 대표적인 사람, '무당' 같은 일을 해야 한다는 소리까지 들었을까! 나에게는 아무리 사람을 많이 만나도, 이야기를 아무리 오래 나누어도 지치지 않는 에너지가 남아있었다. 다른 사람들은 사람들을 많이 만나면 에너지가 소진된다고 하는데 나는 오히려 사람들에게 받는 에너지로 충전되는 것 같은 느낌을 받았다.

그리고 지금 난 〈심야식당〉 같은 매력적인 음식점 주인은 아니지만, 술 먹는 책방 〈북바이북〉의 주인장이 되어있다. 첫 번째 책방을 열고 두 번째 책방까지 오픈하며 바쁜 하루하루를 보내고 새로운 사람들을 만나면서 한때 〈심야식당〉의 주인장 같은 삶을 꿈꾸던 시간을 되짚어 본다. 그리고 나에게 '무당 같은 일을 해야 한다'고 말했던 사람들의 말을 다시 한번 곱씹어본다. 사주팔자가 어떻게 풀릴지 궁금해서, 미래의 꿈이 어떻게 펼쳐질지, 배우자가 어떤 사람이 될지, 자신이 어떤 운명으로 살게 될지 궁금해서 이런 저런 점집을 찾아가는 사람들처럼, 지금 북바이북에는 저마다의 사연을 가지고 있는 손님들이 찾아온다. 아무리 마음의 준비가 되어 있더라도, 만나자마자 거침없이 속내를 끄집어내어 보여주는 손님들을 만날 때는 사실 꽤 당황스럽기도 하다. 나는 과연 이 사람들의 속 깊은 이야기를 들어도 될 만큼 진정성을 가지고 있는 사람인가 싶은 생각이 들어 때아닌 반성을 할 때도 있다. 혹시 책 자체에서 풍기는 편안한 분위기에 도취되어, 한잔 마신 크림 생맥주의 나른한 기운에, 나직하게 흐르는 음악소리에 빠져 속내를 털어놓는 것은 아닐까? 어쩌면 주인장인 나의 몫은 그들의 이야기를 가만히 들어주는 것일지도 모른다.

지금 와서 생각해 보면 사람들의 말문을 열고, 하고 싶은 이야기를 끄집어내어 글로 그들의 삶을 표현하는 '기자'나 '인터뷰어'라는 직업을 좋아했던 것도 〈심야식당〉의 주인장 같은 삶을 살고 싶은 이유의 연장선인 것 같다. 처음 만나는 자리에서 혼자만 간직하고 있던 이야기를 덥석 나에게 풀어놓는 사람들을 마주했을 때 느낀 이상한 짜릿함과 함께 내가 그들에게 좋은 사람이 된 것 같은 느낌들. 이야기 하나로 그 사람들과 나는 그 어떤 인연보다 돈독한 관계가 되었고, 그렇게 맺어진 인연이 오랫동안 유지되어 가는 과정이 좋았다.

어느덧 정신을 차리고 보니 '책방 주인장'이 되어 있을 때, 속 깊은 이야기가 쌓여가는 단골 손님들이 점점 늘어나고 있을 때, 다시 한번 〈심야식당〉을 떠올리지 않을 수 없었다. 처음에는 술 먹는 책방이라는 장소가 신기하고 재미있어서 찾아오던 손님들이 어느 순간 주인장과의 대화가 뜻하지 않게 깊어져 삶의 답답함을 쏟아낼 때면 더더욱 그랬다. "지금 직장에 다니고 있는데 너무 힘겹다, 이번 직장엔 오래 다니려고 굳게 다짐하고 모든 상황을 견디고 있지만 늘 하고 싶은 일은 다른 것 같다는 느낌을 받는다. 하고 싶은 일은 사실 돈을 많이 벌 수 있는 일이 아니라서 갈등이다. 돈을 벌기 위해서는 지금 다니는 회사를 그저 꾹 참고 다닐 수밖에 없다…" 등등의 이야기들 말이다.

책방 주인장이 되고 난 후 더욱 확실하게 깨달은 바가 있다면 사람은 각자 잘 할 수 있는 분야가 따로 있어서 본인이 잘 할 수 있는 일을 할 수 있는 곳, 실력을 발휘할 수 있는 곳에서 일을 해야 행복하다는 것이다.

대학을 졸업하고 사회생활을 시작하면서부터 나 자신도 끊임없이 고민하고 갈등했던 이야기들을 손님들이 털어놓기 시작하면 한두 마디만 들어도 너무 그 마음을 잘 이해하는터라 안타깝고 또 안타깝다. 그러나 하고 싶은 일을 향해 도전하는 선택이 얼마나 두려운 일인지도 잘 알기 때문에 선뜻 마음가는대로 해보라고 조언할 수 없는 상황이 답답하게 느껴질 때도 있다. 하지만 한 가지 확실하게 말해줄 수 있는 건 모든 것을 다 내려놓고 비우면, 새로운 것을 시작할 수 있는 에너지가 생긴다는 것.

하지만 얼마나 많은 것을 얼마나 빨리 버리느냐의 선택은 오로지 자신의 결정에 달려 있다. 사실 누가 봐도 번듯하고 탄탄한 회사에서 안정적으로 월급을 받으면서 일하다가 어느 날 갑자기 책방 주인장이 되겠다고 마음먹었을 때 어찌 그 새로운 도전에 대해 두려운 마음이 없었겠는가? 하지만 지금 돌이켜 생각해보면 그때 한시라도 빨리 모든 것을 버리지 않았더라면, 여전히 내 삶은 현실과 잘 타협하는 척, 행복한 척, 게다가 약간의 허세와 허영까지 보태어져 항상 일부러라도 뽐내기 위해 기를 쓰고 노력해야 하는 삶을 살고 있었겠다는 다소 끔찍한(?) 생각이 든다. 겉으로 보이는 행복한 모습 속 나의 마음은, 이게 아닌 줄 알면서도 관성으로 살아가는 내 모습에 대한 비판과 자기연민으로 꽉 차 있었을 테니까.

고백하면 한 달에 한 번씩 꼬박꼬박 들어오는 월급으로 부지런히 저축도 하고 나름 풍요로운 삶을 누리며 살 때에도 내 마음은 그다지 여유롭지 않았다. 일의 기쁨보다 돈의 기쁨이 더 컸기 때문일지도 모르겠다. 그러나 지금은 하루하루 매출에 신경을 쓰며 경제적으로는 빠듯한 일상을 보내고 있지만 오히려 마음만큼은 어떤 이들의 상처와 고민도 포용할 수 있을 만큼 여유롭고 편안하다. 왠지 이제야 내 자리를 찾은 것 같은 느낌. 그 행복감이 하루하루를 충만하게 한다.

격려해 주기 혹은 따스하게 품어주기, 남의 얘기 잘 들어

1호점 인테리어할 때 모습. 이게 꿈인지 생시인지 모를 정도로 벅찬 감정들의 연속이었던 것 같다. 허름한 분식집이 반짝이는 북바이북으로 탄생한 그 순간을 평생 잊을 수 없을 것이다. 아래는 17평 남짓하는 2호점 공간. 평수로만 보면 그다지 넓은 공간은 아니지만 책을 하나둘씩 정리하다 보면 아직도 남아 있는 책이 많아 체력이 바닥난 적이 한두 번이 아니었다.

2호점 오픈과 동시에 1호점은 소설전문점으로 변경되었다. 지금까지 소설가 김애란, 시인 권대웅 등 꽤 유명한 작가들이 다녀갔다. 2호점 오픈 고사 모습. 만감이 교차했다. 책방 오픈 후 참 많은 지인들이 방문해 응원을 해주었다. 응원해 준 분들 덕에 지금까지 북바이북이 별탈없이 이어져 오고 있는 것 같다. 'OPEN'이라고 쓰여져 있는 북백(Book Bag)을 문고리에 철커덕 걸어 놓는 순간부터 북바이북의 활기찬 하루가 시작된다.

주기 같은 행동은 나 스스로가 여유로운 상태가 아니면 절대 억지로라도 보여주기 힘든 태도라는 것을 책방 주인장을 하면서 더욱 뼈저리게 느낀다. 내가 행복한 상태일수록 나에게 속내를 털어 놓는 데 주저함이 없는 사람들을 진심으로 대할 수 있는 여유를 가질 수 있으므로. 누군가의 인생을 진실된 마음으로 공감할 수 있도록 내 마음의 여유를 유지하기 위한 노력을 멈출 수는 없 이유가 바로 여기에 있다.

아무리 사교적이고 사람을 좋아하는 성향을 타고 났다 해도 책방을 오픈하느라 많은 에너지를 쏟고 체력적으로 한계에 다다르다 보면 여유롭게 웃거나 사람들과 이야기하는 것이 힘들 때가 종종 있다. 행복하자고 시작한 일인데 몸이 피곤하다는 이유 하나로 책방을 시작하게 된 본질적인 의미를 점점 잃어갈 때쯤 이건 아니다 싶어 정신을 다잡았다. 피곤하면 체력 관리를 더욱 확실하게 하면 되는 일이었고, 어떻게 해서든지 나의 신체 리듬은 내가 컨트롤 할 수 있어야겠다는 생각이 머릿속에 자리잡았다. '체력은 국력'이란 말이 괜히 있는 것이 아니라는 사실도 새삼 깨달았다. 그렇게 아침 운동 시간을 늘리고, 퇴근 후엔 되도록 일찍 잠자리에 들어 피로를 최소화할 수 있도록 하루 일과를 점검했다. 내 일, 내 사업을

술 먹는 책방

하려면 체력관리만큼 중요한 것이 없다는 사실을 절감하고 또 체감했다. 그렇게 점점 체력의 한계를 극복하고 내가 활기차고 건강하게 변하니 역시 손님들을 맞이하는 태도도 달라졌다. 나에게서 흘러 넘치는 에너지로 책방에 오는 손님들의 고갈된 에너지를 충전시켜줄 수 있기를 바랐다.

책방을 연 지 1년이라는 시간이 흐른 지금도 가끔 체력적으로 힘들 때 혹은 에너지가 고갈되었음을 느낄 때가 있다. 하지만 그럴 때마다 여전히 나 자신의 행복감을 찾는 데 집중하는 것이 컨디션을 회복하는 데 가장 효과적인 길임을 다시금 되뇌어 본다. 우연한 기회에 내 인생 처음으로 오롯이 내 삶에 집중할 수 있는 시간을 갖게 된, 이 책을 쓰고 있는 이 시간도 나 자신의 행복감을 찾는데 아주 중요한 일부분이 되었다. 언젠가 또 다시 힘든 일이 눈앞에 닥쳤을 때 이 책을 뒤적이며 에너지를 충전하고 있을 내 모습을 떠올려 본다.

술 먹는 책방

PART 1

책과
술을
잇다

책과 술,
오묘한 조합의 시작

처음 주변 사람들에게 책방을 할 것이라고 이야기했을 때의 반응은 극과 극이었다. 어떤 사람은 터무니없는 일을 하려고 한다며 말문조차 열지 못하게 막기도 했고 어떤 사람은 일본이나 뉴욕에 이런 저런 콘셉트의 책방이 있으니 참고해라, 이런 저런 책을 읽으면 도움이 많이 될 것이다 등 책방을 준비하는데 필요한 다양한 아이디어를 이야기해 주며 적극적으로 호응해 주기도 했다. 그렇게 조언 받은 수많은 아이디어 중 딱 하나, 내 귀에 꽂힌 게 있었으니 그게 바로 '맥주와 책방의 조합'이었다.

들기론 일본에 맥주를 파는 책방이 있는데 생맥주를 판매하면서 독서와 함께 술 한잔을 즐길 수 있는 책방이라고 했다. 주량이 그렇게 세지 않은 나는 평소에 시원한 맥주 한 캔 정도를 간단하게 즐기는 것을 좋아한다. 안주는 뭐, 소시지 한 개와 과자 부스러기 약간이면 된다. 취하지는 않아도 시원한 목 넘김과 함께 약간은 알딸딸한 느낌이 나는 그 순간이 좋다. 그런데 맥주를 마시면서 책을 볼 수 있는 책방이 있다니!!! 그 오묘한 조합에 강한 매력을 느꼈다. 밤마다 편의점 검은 봉지에 맥주 한 캔 달랑달랑 사 들고 와 혼자 청승맞게 집에서 맥주를 마시지 않아도 낭만적인 공간에서 우아하게 독서와 함께 맥주를 즐길 수 있는 곳이 있다면 나부터라도 당장 가보고 싶겠다는 생각이 들었다. 그래서 언니와 나는 당장 도쿄에 있다는 맥주 파는 책방에 가보기로 했다.

북바이북을 준비하고 있는 시점에 맞추어 운이 좋게도 『도쿄의 서점』과 『도쿄의 북카페』라는 2권의 책이 발간되었다. 마치 북바이북을 시작하기 위해서는 도쿄에 다녀오지 않으면 안 된다는 신의 계시라도 받은 것처럼 지금 생각해도 이 책들의 출간 타이밍은 정말 절묘했다. 이 2권의 책으로 다녀온 도쿄 책방 투어를 통해 지금의 북바이북이 탄생했다고 해도 과언이 아닐 정도로 이 책은 북바이북 탄생에 있어서 중요한 역할을 했다. 다행히도 『도쿄의 서점』이라는 책 속에 맥주 파는 책방이 소개되어 있었는데 이름이 'B&B(Book&Beer)'

였다. 이름에서부터 정체성이 확실하게 느껴지는 그런 곳.

도쿄 책방 투어는 북바이북 오픈 전에 한 번, 그리고 얼마 전 2호점을 오픈한 후 처음으로 쉬었던 추석 연휴에 두 번째로 다녀왔다. 그때마다 B&B는 도쿄 책방 투어의 필수 코스였고 한국에 돌아와서도 여전히 홈페이지 및 페이스북 등을 참고하며 B&B의 발전 과정을 염탐하고 있다.

B&B의 첫인상은 모던함 그리고 중후함이었다. 다양한 디자인의 책장 색감과 조금은 어려워 보이는 듯한 인문 서적들이 차분한 분위기를 만들어주고 있었다. 그리고 역시나 생맥주를 판매하고 있었다!!! 세상에 책과 맥주라니. 눈으로 보고 있어도 신기하고 생소했다. 맥주를 주문해보니 생맥주 따르는 것을 전담으로 하고 있는 듯한 직원 한 명이 컵에 크림이 가득한 생맥주를 따라 주었다. 집에서 맥주 한 캔을 마시며 알딸딸한 기분을 즐겼던 것처럼 생맥주 한 컵을 손에 쥐고 홀짝이며 서가를 둘러보는 기분은 꽤나 괜찮았다. 그러다 한 컵의 맥주를 다 마셔갈 때쯤 꼭 사야 할 책이 아님에도 불구하고 적당한 술기운에 도취되어 결국 책 한 권을 기분 좋게 '득템' 하고야 말았다. 알딸딸하게 술에 취한 즐거움과 책을 득템한 기분이 배가되어 더 큰 행복으로 다가왔다. 전혀 술집

같은 느낌은 나지 않으면서 캐주얼하게 맥주를 즐기며 책을 볼 수 있는 곳. 북바이북도 이러한 느낌을 가질 수 있는 공간이면 좋겠다고 생각했다.

얼마 전 두 번째로 B&B에 방문했을 때는 또 새로운 것들이 눈에 들어왔는데, 그 중에서도 메뉴 판에 'wine'이라고 적혀 있는 것을 발견했다. 북바이북 손님 중 가끔 와인을 판매할 생각은 없냐고 물어보는 손님이 있었는데 실은 내가 와인의 맛이나 종류 등에 대해서 잘 모르기 때문에 자신 있게 판매해 보겠다는 대답은 못했다. 또한 와인은 병째로 판매하는 인식이 강하고 와인 전용 잔까지 구비해야 한다는 생각에 부담이 많이 되었던 것도 사실이다. 때문에 B&B에서는 와인을 어떻게 판매하고 있는지 궁금하지 않을 수 없어 와인 한 잔을 주문해 보았다. 그런데 생각보다 와인이 서비스되는 과정은 매우 간단했다. 와인 전용 잔이 아닌 맥주 잔보다 조금 작은 일회용 플라스틱 컵에 1/2 정도 와인이 채워져 나왔다. 와인은 어떤 종류를 구비해 놓았는지 자세히 알 수 없었지만 아마도 대부분의 사람들에게 거부감이 없을 만한 가장 대중적인 맛의 와인을 구비해 놓지 않았을까? 평소 와인보다는 맥주를 더 가까이 하는 내 입맛에도 별 무리없이 흡족함을 안겨주었

www.curry-book.com

그날의 행사를 소개하는 책 소식지도 함께 준비를 해두었다. 저녁 시간이 되면 한쪽이 강연회를 할 수 있는 책방 공간으로 변신한다. 책 속에 둘러싸여 작가와 가까이에서 만날 수 있는 기회가 있다는 것은 참으로 설레는 일이다. 운이 좋게도 일본에 갔을 때 B&B 서점에서 신간 출간 이벤트로 강연회가 열려 함께 참석할 수 있는 시간을 가졌다. 책에 실린 레시피대로 만들어진 카레와 맥주 한 잔 기울이며 작가 강연을 듣는 경험은 무척이나 색달랐다. 현재 북바이북에서 진행되는 강연회 느낌 역시 B&B에서 받은 영감 덕분이다.

으니 말이다.

무엇보다 안주 하나 없이(마치 책을 안주 삼아 술을 마시라고 이야기 하고 있는 듯) 가볍게 술을 서비스 하고 있는 모습이 참 신선했다. B&B는 술집이 아닌 책방이라는 것을 은연 중에 강조라도 하고 있는 것으로 보였다.

'맥주가 있는 동네책방, 북바이북'이 탄생하기까지 많은 영향을 준 B&B에 북바이북 오픈 전후로 두 번 정도 방문하고 보니 B&B에서의 술의 역할이 무엇인지 조금씩 알 것 같았다. 그리고 북바이북에서의 '맥주'의 역할에 대해서도 한번 더 고민하는 계기가 되었다.

그 동안 북바이북에 맥주 마시러 오는 손님들을 보면 대부분 책을 좋아하는 혹은 책이 있는 공간을 좋아하는 사람들이었다. 맥주를 마시러 와서도 북바이북에 진열되어 있는 책들을 안주 삼아 대화를 하고, 그러다가 언뜻 땡기는 책이 있으면 바로 그 자리에서 구매를 하는 등 맥주와 책은 항상 연결되어 있었다. 맥주와 함께 맛있는 안주를 먹고 싶고, 술에 취하고 싶은 사람은 그냥 수많은 술집 중 한 곳을 찾아가면 될 일이다. 그런 점에서 북바이북에서 맥주의 의미는 책을, 독서를, 책이 있는 공간을 더욱 친근하게 만들어 주는 다리 역할을 하는 것이 아닐까 생각해 본다. 굳이 진지하지 않아도, 심각하지 않아도 책을 가까이 할 수 있고, 책이 있어 편안한 공간을 더욱 편안하게 만들어 주는 것이 바로 맥주가 아닐까라는 생각말이다.

처음 술 먹는 책방을 생각하고 실행할 때는 '국내 최초'라는 자부심 하나로 굉장히 큰 자신감을 가지고 시작을 했던 것 같다. 맥주와 책을 한 공간에 놓으면 독특한 재미에 빠져 사람들이 알아서 즐기게 될 것이라는 즐거운 상상과 함께 말이다. 그런데 실제로 생맥주와 책이 함께 테이블 위에 놓여 있는 것을 보고 재미있어 하면서 사진을 찍는 분들이 많다. 북바이북이 위치하고 있는 상암동은 주변에 직장인이 많이 상주하는 오피스 촌이기 때문에 간단하게 팀 별로 맥주 한 잔 하러 왔다가 책을 서로 선물해 주기도 하고 조촐한 생일 파티를 하러 왔다가 책 선물을 주고 받기도 한다. 맥주가 있는 책방을 생각보다 즐거워해 주는 손님들을 보면 없었던 힘도 저절로 솟아난다. 하지만 짧은 기간에 흥미를 끌 수 있는 아이템을 개발해 손님들에게 즐거움을 주는 것도 중요하지만 놓치지 말아야 할 것은 매일 이용해도 지루하지 않은, 1년이 지나고 5년이 지나도 지겹지 않은, 매일 밥 먹는 것처럼 그냥

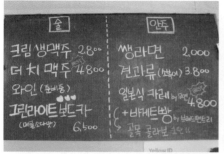

맥주가 있는 북바이북의 풍경. 한국에서도 과연 가능한 일일까 반신반의했었는데 실제로 구현을 해놓고 보니 감개무량하다. 생맥주는 북바이북 본점에서만 판매한다. 본점 오픈할 때 맥주 모양 아이콘을 추가로 제작해 문에 붙여 놓았더니 많은 사람들이 더 신기해 한다.

그 자리에 언제나 있어서 나의 생활과 함께 하는 곳으로 만드는 것이 아닐까 싶다.

매일 가고 싶은 곳, 매일 가도 질리지 않는 그런 은은한 에너지가 느껴지는 곳이 북바이북이었으면 좋겠다. 그러기 위해서는 주인장인 나부터 고여있는 물이 아닌 흘러 들어오는 맑은 물과 섞일 수 있는 큰 그릇을 만들 수 있는 사람이 되어야겠다는 생각을 해본다. 고여있지 않은, 맑은 물이 항상 찰랑거리는 북바이북. 술 먹는 책방의 목표다.

2호점 오픈 때 받은 화환들. 위트 있고 파이팅 넘치게 축하해준 사람들이 여전히 함께 하고 있기에 북바이북은 활기차게 굴러갈 수 있는 것 같다.

좌충우돌 북바이북 메뉴판 짜기,
커피가 있는! 술이 있는!

출판사들과 거래도 해야 하고, 책도 읽어야 하고, 큐레이션도
해야 하고, 서가 진열 구성도 짜야 하고, 책 비닐 포장도 해야
하고, 신간 검색도 해봐야 하고, 트렌드 파악도 해야 하고….
　책만 해도 신경 쓸 일이 한두 가지가 아니었다. 게다가 '책'
이라는 아이템은 은근 손이 많이 가는 놈(?)이라는 것을 북바
이북을 운영하면서 뼈저리게 느끼고 있다. 수시로 쌓인 먼지
도 제거해줘야 하고 행여나 손상되거나 훼손된 곳은 없는지
구석구석 살펴보며 보듬고 쓰담쓰담 해주어야 반짝반짝 빛
나는 자태로 손님들의 시선을 끌 수 있는 것이 책이라는 녀석
인 것이다.
　책만 해도 이렇게 할 일이 태산 같은데 카페 운영은 어디
서부터 손을 대야 할지 눈앞이 캄캄했다. 아메리카노는 어떻

게 만들어야 좋을지 커피 머신은 어떤 제품이 좋은지, 커피 원두는 어떤 것을 사용하는 것이 좋으며 카페 운영에 필요한 것은 어떤 것들인지. 커피전문점에서 아르바이트한 경험조차 전혀 없던 터라 그야말로 맨땅에 헤딩하는 심정으로 덤벼야 할 상황이었다.

산 넘어 산. 누가 '창업'이 무엇이냐고 물어본다면 이렇게 대답하고 싶을 지경이었다. 하지만 정신을 제대로 차리지 않으면 안되겠다는 생각에 가장 먼저 한 일은 '커피를 맛있게 만드는 법'을 알아보는 일이었다. 그러기 위해서는 전문 기관에서 운영하는 바리스타 양성과정 교육을 받기로 했다. 몇몇 대표적인 교육기관을 방문해 커피 원두 시장에 대한 설명을 듣기도 했다. 그런데 약 3~4 군데 정도 컨설팅을 받고 나서였을까. 이 정도 발품을 팔아가며 시장조사를 했으면 대략적인 다음 단계에 대한 구체적인 계획이 나와야 하는데 설명을 들으면 들을수록 정신 상태는 점점 '멘붕'에 가까웠고 어떻게 해야 할지도 모른 채 더욱 우왕좌왕했다. 커피를 맛있게 만들고 싶은 마음은 컸지만 책 공부 할 시간만으로도 빠듯한데 바리스타 양성과정 교육까지 들을 생각을 하니 생각만 해도 괴로웠다.

BOOK
BY
BOOK

아메리카노 2,800
수제 팥양갱 2,500
수제 브라우니 3,800

풀리지 않는 고민 때문에 소화도 안 되는 것 같았다. 가슴 답답함이 몇 날 며칠 이어질 때쯤 친구와 함께 머리나 식힐 요량으로 이태원에 있는 한 파이전문점을 방문했다. 그런데 생각지도 못하게 그곳에서 카페 운영에 대한 해결점을 찾게 되었다. 그 동안 느꼈던 답답한 체증이 싹 내려가듯 했다. 그곳은 파이가 워낙 맛있는 걸로 유명한 곳이라서 커피나 기타 음료에 대한 기대감은 상대적으로 낮은 편인데, 아니나 다를까. 주방 쪽을 살펴보니 커피 농도만 맞추어 놓고 버튼 한 번만 누르면 에스프레소가 추출되는 아주 간편한 기계로 커피를 서비스하고 있었다. 나중에 알고 보니 그곳 매장에서 사용하는 커피 머신 역시 고가의 제품으로 파이 맛 못지 않게 커피 맛도 일품이었지만 특정 아이템에 자신감이 있으면 일정 부분은 운영을 간소화하는 방법을 택하는 것도 좋은 전략이라는 것을 배우게 되었다. 북바이북에서는 고가의 커피 머신을 구매하지는 못하더라도 어느 정도 신뢰가 있는 회사의 제품이라면 전자동 커피 머신을 구매해 커피 서비스는 간소화하고 거기서 절약한 시간을 책 큐레이션 하는 데 더 힘을 쏟아야겠다는 생각이 든 것이다.

그렇게 카페 운영 간소화에 대한 해결책을 찾고 나니 그 후 진행은 일사천리였다. 우선 적당한 가격대의 커피 머신을 알아보고 지인 추천을 받아서 커피 머신 컨설팅을 받으러 다녔다. 창업을 준비하면서 뼈저리게 느낀 것이 있다면 바로 생생하게 살아있는 리뷰 콘텐츠의 중요성이다. 예전에 내가 직접 파워블로거로서 활동할 때는 오히려 콘텐츠를 생산하는 작업에 대한 흥미로움이 더 커서 콘텐츠를 보는 독자들이 어떠한 도움을 얻을지에 대한 생각은 간과하고 있었던 것 같다. 그런데 창업을 준비하면서는 특정 제품을 구매하기 전에 필수적으로 블로거들의 리뷰를 찾아보는 나를 발견하고는 블로거들의 콘텐츠가 구매결정을 좌우하는 데 있어서 중요한 역할을 한다는 것을 실감하게 되었다. 그것이 설사 광고성 콘텐츠라고 할지라도 여러 블로거들의 의견을 통해 어느 정도 장단점을 파악할 수 있었다. 처음엔 전자동 커피 머신을 사용하는 것에 대해 손님들이 거부감을 갖지 않을까 걱정하기도 했지만 다행히도 커피 머신과 궁합이 잘 맞는 원두를 찾아 커피 맛에 대한 긍정적인 평가를 몇 번 받은 후로는 일단 안심하고 커피 서비스를 하고 있다. 만약에 수동 커피 머신을 사용해 일반 커피전문점과 다르지 않게 많은 종류의 커피를 서비스할 욕심을 냈다면 아마도 커피 만드는 데 급급해 책 서비스는 제대로 하지 못했을 것이다. 그 때 이태원에 있는 파이 전문점을 방문하지 않았다면 해결되지 않았을 일. 지금 생각하면 창업을 준비하는 매 순간이 운명과 우연의 연속이었다.

술 먹는 책방 북바이북 2호점을 준비하면서는 생각보다 메뉴 구성이 어렵지 않았다. 1호점의 메뉴에 주류를 추가하는 작업이 필요했는데 첫 번째 술은 당연히 생맥주였고, 그 다음으로 보드카가 후보에 올랐다. 생맥주는 그렇다고 하더라도 보드카는 왜 갑자기 메뉴판에 등장하게 되었는지 의아해 하는 사람들이 많이 있는데 그 스토리는 이렇다.

북바이북 1호점은 부동산 사정상 주류 판매를 할 수 없는 곳이다. 1호점 오픈 시기에는 다른 분야에 대해 공부해야 할 것들이 많이 있었기 때문에 감히 주류까지 판매할 엄두를 내지 못한 터라 주류판매 허가가 나지 않아도 괜찮다고 생각했다. 그런데 7평 남짓한 좁은 공간에서 하루 종일 왔다 갔다 하며 책 정리 하느라 에너지를 소비하고 나니 일이 끝난 후에는 어김없이 시원하게 목 넘김을 할 수 있는 '알코올'이 생각났다. 물론 시원한 무알코올 음료수로도 갈증을 충분히 해소할 수 있지만 어느 정도의 알코올이 만들어내는 '흥'을 좋아하는 나는 술 한두 잔 정도는 즐겨 마신다. 그래서 어느 날부터인가 1호점 냉장고에는 맥주 캔 몇 개와 보드카 1병이 항상 대기하고 있기에 이르렀다. 평소 칵테일 만드는 것에 관심이 많아 앱솔루트 코리아에서 운영하는 칵테일 클래스에 참여해 본 적이 있는데 거기서 배운 대로 만들어 마시니 색깔도 예쁘고 맛이 있어 그때부터 보드카에 관심을 가지게 되었다. 어차피 주스와 얼음은 항상 구비되어 있었으므로 보드카를 즐기기에 안성맞춤인 환경이었다. 그 중에서도 크랜베리 주스와 보드카를 섞어서 만든 크랜베리 보드카는 빨간색이 너무나 매혹적이라서 그런지 방문하는 지인들에게 한 잔씩 대접하면 반응이 폭발적이었다. 그렇게 지인 접대용으로 1호점에서 몰래 서비스했던 보드카가 지인들의 성원에 힘입어 2호점 오픈과 동시에 정식 메뉴로 등록할 수 있었던 것이다. 어찌보면 지인들에게 한 잔씩 대접했던 것이 테스트 베이스가 될 수 있었던 것이다.

2호점을 오픈하면서는 크랜베리 보드카 외에 '그린라이트 보드카'를 메뉴에 추가했다. 그린라이트 보드카의 경우에는 이름을 먼저 지어 놓고 레시피를 나중에 만들었다. 국내 최초 '썸' 전문 서점이 되기를 희망하며 좋은 인연을 만들어나가는 낭만적인 서점이 되었으면 좋겠다고 생각했다. 평소 연예

오락 프로그램 〈마녀사냥〉을 재미있게 보았던 터라 거기에서 이름을 착안했다.

그린라이트 보드카의 핵심은 예쁜 녹색 색깔을 가진 음료를 찾는 일이었다. 그런데 아무리 찾아봐도 마음에 드는 녹색 음료수가 없어 몇 날 며칠을 녹색 음료 찾아 삼만 리 했던 기억이 난다. 그런데 때마침 모 음료 회사에서 만든 메론소다맛 음료가 신제품으로 출시되었는데 정말 마음에 쏙 드는 녹색이었다. 어쩌면 그렇게 절묘한 타이밍에 또 딱 찾던 음료수가 론칭되었는지. 그렇게해서 예쁜 녹색의 '그린라이트 보드카'는 탄생되었다.

"어??!!! 여기 보드카도 있어!!!"

주문을 하기 위해 메뉴판을 살펴보다가 즐겁게 반응하는 손님들을 만나면 1호점에서 몰래 손님 접대용으로 보드카를 만들던 그때가 떠올라 혼자 키득키득 웃기도 한다. 덩달아 보드카 한 잔씩 기울이며 기나긴 겨울, 담소를 나누며 보내던 지인들의 얼굴도.

북바이북 메뉴판은 지금도 조금씩 진화하고 있다. 손님들의 반응과 주인장의 취향이 적절하게 버무려진 형태로 아주 조금씩 천천히. 앞으로 또 어떤 계기를 통해 어떤 새로운 메

뉴가 탄생할지는 모르겠지만 한가지 분명한 것은 그 메뉴에
는 분명 끝도 없이 글로 풀어 쓸 수 있는 스토리가 담겨 있을
거라는 것. 스토리가 배어 있기에 오래도록 맛이 기억되는 북
바이북만의 메뉴 말이다.

초창기 북바이북과 함께 했던 러브시스터즈 컵케이크와 브라우니. 북바이북과 거리가 멀고
주문, 배송할 때 많은 어려움을 겪었지만, 덕분에 달달하고 감성 돋는 북바이북의 출발을 함
께 할 수 있었다.

북바이북 메뉴판

1호점

커피

아메리카노 hot/ice 2,800/3,300
카페라떼 hot/ice 3,300/3,800
카페모카 hot/ice 3,800/4,300

차

얼그레이, 다즐링, 페퍼민트 hot/ice 3,500/4,000

스페셜 드링크

팥양갱 스무디 6,000
아사이베리 스무디 6,000

디저트

팥양갱초코렛 2,500
수제브라우니 3,800
엿 5,500

아사이베리 스무디, 그린라이트 보드카, 수제브라우니, 엿(왼쪽부터). 미란다 커 해독주스로 한국에서 유명해진 아사이베리. 1년 전 도쿄에서 처음 봤을 때만 해도 한국에서는 잘 알려지지 않았는데, 그 사이 전문점까지 생길 정도로 아사이베리 인기는 좀처럼 식을 줄 모르고 있다. '그린라이트'라는 이름과 딱 맞는 예쁜 녹색의 음료를 찾느라 애를 먹긴 했지만 완성하고 나서 매우 뿌듯했던 그린라이트 보드카.

술

크림생맥주 2,800
더치맥주 4,800(북바이북 커피 파트너인 빈브라더스에
서 더치커피 원액을 제공받아 그 어떤 더치맥주보다 진하
고 시원하게 서비스하고 있다)
그린라이트 보드카 6,500

안주

쌩라면 2,000
견과류 3,800
일본식 카레+크림생맥주 SET 7,500
(상암동 골목길 인근 맛집과 콜라보레이션을 통해 탄생한
북바이북의 안주 메뉴)

커피

아메리카노 hot/ice 2,800/3,300
카페라떼 hot/ice 3,300/3,800
카페모카 hot/ice 3,800/4,300

차

얼그레이, 다즐링, 페퍼민트 3,500/4,000

스페셜 드링크

팥양갱 스무디 6,000
아사이베리 스무디 6,000

디저트

수제브라우니 3,800
엿 5,500

유쾌한 상암동
골목길 콜라보레이션 프로젝트

북바이북 2호점을 준비하면서 가장 난감했던 일은 맥주와 함께 먹으면 어울릴만한 안주를 개발하는 일이었다. 평소 맥주를 즐겨 마셨던 터라 맥주와 함께 먹으면 좋은 안주에 무엇이 있는지는 너무나 잘 알고 있었지만 막상 맥주와 어울리는 안주 중 책방에서 책을 읽으며 먹으면 어울릴만한 음식을 생각하니 도무지 떠오르지 않았다. 북바이북에서 맥주와 함께 책을 보며 먹을 때 간단하면서도 맛있게 먹을 수 있는 음식에는 무엇이 있을까? 치킨, 떡볶이, 피자, 주전부리 과자류 등 다양하게 상상을 해보았지만 이거다 싶은 음식이 도저히 떠오르지 않았다.

북바이북에서 먹을 때, 북바이북스러운 음식!

이것이 가장 중요했다.

그렇게 고민을 이어가던 중 어느 날 언니가 페이스북에서 봤다며 사진 한 장을 보내왔다. 사진 속에는 안성탕면 한 개와 수북이 쌓인 책들 그리고 맥주 한 캔이 놓여져 있었다. 책을 매우 좋아하는 어떤 분이 페이스북에 올린 사진이라고 했다. 사진 속 멘트는 이랬다.

"맥주엔 역시 쌩라면이죠. 쌩라면은 역시 안성탕면이고요."

그 순간 안개 속 같던 머릿속이 환해지면서 해가 쨍 비추는 느낌이 들었다.

'북바이북과 쌩라면'

이보다 더 잘 어울리는 것은 없겠다 싶었다. 명랑, 쾌활, 초긍정, 걱정이라곤 찾아볼 수 없을 것 같은 북바이북의 경쾌한 이미지와 쌩라면이라는 다소 도발적인 느낌의 안주는 너무나 잘 어울렸다. 고민할 것은 이제 쌩라면을 어떤 형태로 서비스하면 좋을지, 서비스 방법에 대해서만 고민하면 됐다.

그렇게 해서 북바이북 메뉴판에는 쌩라면이 떡 하니 등장하게 되었고 쌩라면 메뉴만 보고도 빵 터지지 않는 손님이 없을 정도로 반응은 꽤 괜찮았다. 어떤 손님은 맥주를 마시지 않고도 쌩라면만 맛을 보고 싶어 점심을 먹고 온 후에 디저트로 쎙라면을 먹는 사람도 있었다. 안성탕면을 큼직큼직하게 부순 다음 스프를 뿌려 고루 섞어 밀폐용기에 냉장보관을 해 두면 시원하면서도 바삭바삭한 맛이 살아 있는 훌륭한 쎙라 면이 완성되었다.

이렇게 한 가지 메뉴로도 손님들에게 웃음을 줄 수 있다 니. 의외의 곳에서 행복감을 느낄 수 있었다.

그런데 한 가지 문제가 있었다. 상암동은 미디어시티라는 이름에 걸맞게 MBC, SBS, KBS 3개 공중파 방송사를 비롯 CJ E&M, YTN 등 방송국 사람들이 대거 몰려있는, 나름대 로 트렌디한 사람들이 근무하고 있는 동네다. 그러다 보니 홍 대나 상수동 등 주로 학생들이 많은 동네보다는 연령대가 조 금 높다. 단골 손님 중에는 방송국에서 20년 이상 기자로 근 무하고 있는 사람들도 꽤 많으니 말이다. 그런데 그런 사람 들이 친구들과 함께 맥주를 마시러 왔을 때 쎙라면을 주문하 는 것을 조금 멋쩍어한다는 느낌을 받았다. 맛있다고 계속 먹 긴 하면서도 주문하기에는 왠지 모르게 부끄러워하는 듯한 그 오묘한 느낌. 몇 번 그런 반응을 보고 나니 쎙라면으로는 부족하겠다는 생각이 들어 다른 안주를 고민하지 않을 수 없 었다. 직접 간단한 음식을 만들어 보자니 도저히 엄두가 나지 않았고 간단하게 몇 가지 종류의 안주용 과자를 섞어 서비스를 해야 하나 고민하고 있던 중에 북바이북의 모든 브랜드 콘셉트를 잡아준 마누파쿰 박상현 대표가 절묘한 타이밍에 기가 막힌 아이디어를 주었다.

"어차피 지금 상암홀릭(상암홀릭은 북바이북에서 운영하고 있는 온라인 매체 이름이다. 책방 소식 외에도 상암동 지역 소식을 함께 알리고 있다)에서 골목길 맛집 투어를 하고 있으니 근처 맛집에서 음식을 받아 콜라보레이션을 해보면 어때요?"

왜 그 생각을 못했을까. 내가 직접 음식을 할 수 없다면 음식을 잘 하는 분들의 도움을 받으면 되겠다는 생각을 말이다. 잘 할 수 없는 일이라면 과감하게 손을 놓고 전문가에게 맡길 수 있는 결단력이 사업하는 데 있어서 매우 중요하다는 것을 깨달았다. 맛은 보장되어 있고 가까운 거리에 있는 상암동 골목길 이웃들의 음식이니 급하게 어떤 일이 발생해도 바로 의논할 수 있다. 이 얼마나 편하고 게다가 정겹기까지 한 일인가.

그렇게 좋은 아이디어를 얻고 난 후 우리는 어떤 음식을 서비스하면 좋을지 골목길에 있는 음식점들을 떠올리며 아이디어를 짜보기 시작했다. 그러면서 도쿄 책방 투어를 할 때

인상 깊게 보았던 장면들이 계속 떠올랐는데, 바로 사람들이 맥주와 함께 카레 밥을 먹는 모습들이었다. 심지어 한 쪽에는 1인용 테이블이 있어서 카레와 맥주를 즐길 수 있고 한 쪽은 서가로 둘러싸여 있는 책방을 본 기억도 났다. 책방과 맥주 그리고 카레는 꽤 잘 어울리는 궁합이었다.

　마침 북바이북에 자주 들리는 단골 손님 중 한 명이 상암동에서 맛있는 우동집으로 소문난 '우연'이라는 가게에서 일하고 있는 요리사였다. 우연 역시 상암홀릭에 상암동 맛집으로 한 번 소개된 후 폭발적인 반응을 얻을 만큼 이미 많은 팬을 보유하고 있는 맛집이었다. 기회이다 싶어 북바이북 맥주 안주인 카레에 대한 생각을 설명했다. 생각보다 흔쾌히 제안을 받아 들여 '골목 콜라보레이션 프로젝트'는 빠르게 진행이 되었다. 우연 사장님은 오히려 적극적으로 아이디어를 내놓았다.

　"카레는 밥도 괜찮지만 빵에 찍어 먹어도 맛있어요. 바게트 빵 같은 것도 괜찮고."

　만약 카레 밥을 한다면 밥은 어떻게 준비하면 좋을지, 밥을 매일 해야 하는지 아니면 냉동 보관을 하면 될지 등의 고민을 하고 있던 찰나 우연 사장님이 또 한번 해결책을 제시해

주었다.

상암동에는 맛있는 빵을 만드는 작은 동네빵집이 몇 군데 있다. 요즘은 프랜차이즈 빵보다 오너 셰프가 직접 운영하는 동네빵집의 빵들이 더 맛있다. 동네빵집에는 정형화된 빵 종류가 아닌 오너 셰프의 개성이 느껴지면서도 먹음직스러운 빵 종류가 많기 때문에 골라먹는 재미가 있다. 그런데 마침 북바이북 2호점을 오픈할 장소 옆에도 이미 상암동에서 맛있기로 소문난 동네빵집 하나가 있었다. 더 '브레드팬트리'라는 이름의 동네빵집. 평소 나도 그 빵집의 빵을 좋아했던 터라 카레와 함께 먹으면 좋은 바게트 빵을 바로 옆집에서 납품받으면 좋을 것 같다는 생각이 들었다. 빵도 맛이 있고, 게다가 가깝기까지 하니 우리에겐 더할 나위 없이 좋은 해결책이었다. 고맙게도 빵집 사장님도 흔쾌히 협조해 주겠다며 적극적으로 도움을 주었다. 시간이 지날수록 감사해야 할 사람들이 너무 많아 꾸역꾸역 오래 살아야겠다는 생각이 드는 요즘이다.

상암동에서 맛집으로 알려진 두 곳이 참여해서 탄생한 골목길 콜라보레이션을 손님들은 무척 재미있어했다. 보통 상

북바이북에서 야심차게(?) 준비한 상암동 골목길 맛집 콜라보레이션 프로젝트 1탄. 처음 칠판을 밖에 내어 놓았을 때 일본 사람들까지 기웃거릴 정도로 흥미를 보이는 이들이 꽤 많았다.

카레와 바게트빵 조화는 꽤 괜찮았다. 나중엔 카레밥으로 바뀌었지만. 무엇보다 카레와 맥주의 궁합은 그야말로 환상인 것 같다. 신경 쓸 일이 많은데도 불구하고 도움을 준 두 사장님에게 진심으로 감사드린다.

점들끼리는 서로 경쟁하느라 바쁜데 이렇게 함께 콜라보레이션을 하는 모습이 보기 좋고 재미있다며 응원해 주는 사람들도 많았다. 간단하게 준비할 수도 있는 안주를 재미있게 해보겠다고 발로 뛰어 어떻게 해서든 결과물을 만들어 낸 보람이 있었다.

앞으로 골목길 콜라보레이션은 또 어떤 형태로 구성이 될지 모르지만 지금까지 그래왔듯이 하고 싶은 일이 있으면 주저하지 않고 바로 추진하게 될 것이라는 것만큼은 확실하다. 하고 싶은 일은 원없이 해봤다는, 후회가 남지 않는 그런 미래를 맞이할 수 있도록 말이다.

이제 대세는
치맥 아닌 책맥!

북바이북 온라인 매체인 상암홀릭 페이스북을 운영하면서 책을 주제로 운영하고 있는 다른 페이스북 페이지나 그룹 등의 커뮤니티를 관심 있게 찾아 본다. 수많은 책 관련 커뮤니티를 구독하며 꾸준히 살펴보다 보면 요즘 사람들은 어떤 책을 읽고 어떤 트렌드에 관심이 있는지 자연스럽게 파악할 수 있기 때문이다.

북바이북 1호점을 오픈한 지 얼마 지나지 않았을 때쯤 즐겨 구독하고 있던 페이스북 페이지 '거인의 어깨(www. facebook.com/gshoulder.kr)'에 포스팅이 하나 올라왔다. 바로 '책 읽기 좋은 카페'를 소개하는 내용이었다. 당시 '거인의 어깨' 페이지 구독자 수는 타 페이지 대비 월등하게 높은 편이었다. 북바이북을 알리는 데 안성맞춤인 매체였다. 페이지 관리자에게 무턱대고 문의를 해보았다. 상암동에서 작은 동네 책방을 운영하고 있고, 책 읽기 좋은 장소이기도 해서 한번 거인의 어깨에 소개될 수 있는지에 대한 문의. 직설적으로 얘기하면 대놓고 광고해달라는 말을 나름 정중한 방식으로 제안한 셈이었다.

그런데 '동네책방은 다시 살아나야 한다'는 짧고 굵은 명제와 함께 소개하겠다는 빠른 답변이 돌아왔다. 진심이 느껴지는 감동의 순간. 그렇게 거인의 어깨와의 첫 인연 덕분에 북바이북은 책 읽기 좋은 동네책방으로 한동안 온라인에서 회자되기도 했다.

북바이북을 만들어 나가는 과정에서 도움을 준 사람들이 너무 많아 셀 수 없을 정도지만 거인의 어깨 관리자도 그 중 한 사람이다. 지금은 '거인의 서재'라는 국민 독서앱을 출시하여 승승장구하고 있는 류승훈 대표. 훈남인데다 똑똑하고, 유머감각까지 갖추었으니 일이 술술 풀릴 수밖에 없다고 본다.

그 후 시간이 흘러 거인의 어깨는 독서앱 출시와 함께 페이스북 페이지 뷰어가 기하급수적으로 증가했다. 그런데 한번 만나 인사한 것도 인연이라고 2호점 오픈과 동시에 류 대표가 먼저 2호점도 사람들에게 알리고 싶다며 한달음에 달려왔다. '맥주와 책이 함께 있는 동네 서점' 북바이북은 그렇게 거인의 어깨에 두 번씩이나 소개되는 '영광'을 누렸다. 수북이 쌓여 있는 책 옆에서 생맥주를 따르는 모습. 게다가 안주로 '쌩라면'까지 합세했으니 사람들에겐 신기하기도 하고 재미있게 느껴졌는지 거인의 어깨에 소개된 기사의 반응은 폭발적이었다. 상상 이상의 반응에 너무 놀라 내 개인 페이스북에 기록을 남겨두기도 했다.

-총 도달율 60만 명
-총 공유수 1,000여 개
-총 좋아요수 5,600여 명
-댓글 800여 개

그날은 하루 종일 무수하게 달린 댓글을 살펴보느라 정신이 없었다. 맥주를 판매한다는 사실에 반응하는 사람, 쌩라면에 반응하는 사람, 삐뚜름한 책장에 반응하는 사람 등 반응 포인트도 각양각색이었다. 그런데 그 중에서도 유독 눈과 마음에 확 다가와 꽂히는 댓글이 있었으니 바로 '책맥'이라는 단어였다. 매장에 손님이 있었음에도 불구하고 그 댓글을 보는 순간 소리내어 웃지 않을 수 없을 정도로 기발한 단어 조합이라고 생각했다. 여전히 한 집 건너 하나씩 치킨전문점이 있을 정도로 '치맥'의 인기가 식을 줄 모르고 있는 요즘 '책맥'이라니. 처음엔 재미는 있지만 조금 억지스러울 수도 있겠다는 생각이 들어, 일단 한번 웃고 넘겨버렸다. 그런데 시간이 지날수록 단어가 재미있고 입에도 짝짝 달라붙는 맛이 있고 놓치고 지나가기엔 아깝다는 생각이 들었다. 그래서 지나가는 사람들이 한번씩 보고 기분 좋게 웃으면 그것으로 만족스럽겠다는 생각으로 북바이북에서 즐겨 사용하는 칠판에 '퇴근 후엔 책맥'이라고 써두었다. 아니나다를까 지나가던 사람들이 멈춰 서서 웃기도 하고, 사진을 찍어가기도 했다. 이를 계기로 북바이북은 맥주가 있는 동네 서점으로 더욱 확실하게 자리매김할 수 있었다.

그리고 얼마 후 북바이북으로 걸려온 한 통의 전화.

"거기 맥주 파는 책방 북바이북이죠?"

"아. 네네 맞습니다. 실례지만 어디신지요?"

"아, 저는 하이트 진로 브랜드 담당자인데요, 맥스 크림생맥주를 판매하고 계신다고 들어서 저희 가맹점으로 소개를 할 수 있을까 해서요. 북바이북은 저희 가맹점 중 유일하게 책방이기도 하고(웃음). 지금은 독서의 계절, 가을과도 잘 맞을 것 같기도 하고요."

세상에나, 가맹점 중 유일하게 책방이라니. 담당자 입장에서는 꽤나 희한하면서도 웃길 것 같다는 생각이 들었다. 그렇게 거인의 서재와의 인연 덕분에 하이트 진로 공식 사이트까지 '책맥 하기 좋은 장소(www.beer2day.com/2232)'로 소개되었다.

사업을 시작하기 전에는 한 땀 한 땀 일을 성취해 나가는 진정한 보람을 크게 느껴보지 못한 것 같다. 회사에 다닐 때는 무한 경쟁심에 사로잡혀 조급한 마음에 한 방에 크게 빵 터졌으면 하는 허황된 꿈도 많이 꿨다. 그런데 사업이라는 것을 해보면서 절대 한 방에 잘 될 수 있는 것이 아니라는 것을 뼈저리게 느끼고 있다. 1년이라는 시간 동안 북바이북이 만들어진 과정을 천천히 돌이켜 보면 하나의 결과가 또 다른 더 큰 결과를 낳고 그 결과가 또 다른 성과를 만들어내는, 성장 과정을 느낄 수 있다. 그리고 이러한 성장 과정을 체감하면 할수록 한 명 한 명 만나는 인연들이 참 소중하게 느껴지고, 하나하나 일궈나가는 매 순간이 참 소중하다는 생각이 든다. 매 순간 정성껏, 성실하게, 사람도 일도 대해야겠다는 생각, 북바이북이 성장함과 동시에 나 또한 성장하고 있음을 느낀다.

만약 자신이 나이에 비해 철이 덜 들었다고 생각되어 고민이 된다면 사업을 해보길 적극 권한다. 그렇다면 적어도 철이 없음으로 인하여 인간 관계를 그르치거나 일을 그르치는 일은 없을 것이다. 사업은 그만큼 기다릴 줄 아는 마음을 알게 해주는 인생의 큰 스승인 것 같다. 적어도 나에게만큼은 더더욱.

1° 작은 책방의 꿈, 달리는 마을 버스 안에서

직장 생활을 쉬지 않고 몇 해 동안 지속하다 보면 어느 날 불현듯, '나는 지금 괜찮은가', '지금 행복한가', '나는 지금 잘 살고 있는가' 같은 물음이 시작될 때가 있다. 지금까지의 인생을 한 번 점검하고 넘어가야만 직성이 풀릴 것 같은 마음이 스멀스멀 올라올 때 말이다. 누가 뭐라고 하는 것도 아니고, 사실 뭐라 할 것도 없고, 그렇다고 특별히 나쁘고 힘겨운 상황에 마주친 것도 아니지만 어느 날 문득 관성에 의해 흘러가고 있는 하루하루의 허기진 느낌을 다잡고 싶어지는 바로 그 때가 있는 것이다. 분명 나만 그런 것은 아닌, 누구나 한번쯤은 겪을만한 일이 아닐까 싶다.

2013년 겨울에서 봄으로 넘어갈 때였다. 조금씩 날씨가 풀리면서 얼어있던 몸이 녹을 때쯤으로 기억한다. 상암동 집에서 홍대로 향해 가는 마을버스에 몸을 실었는데 그날따라 유독 '꼼지락, 꼼지락, 꼬물, 꼬물' 딱히 설명하기 어려운 감정이 마음 한 켠에서 치밀어 올라왔다. 마침 10여 년간 재직하고 있던 회사에서 안식 휴가를 받아 쉬고 있던 언니도 내 옆자리에 나란히 앉아 있었다. 언니를 바라보는 나의 시선은 늘 '일을 참 재미있어 하는 사람', '회사를 애인보다 좋아하는 사람'이었다. 그야말로 언니는 인생의 우선순위를 꼽을 때 회사, 일, 직장동료가 부동의 영순위인 것처럼 보이는, 한마디로 일밖에 모르는, 그래서 직장에서 능력을 인정받는 커리어 우먼이었다. 나는 괜한 자존심 때문에 겉으론 아닌 척했지만 늘 프로페셔널한 그 모습을 닮고 싶어했다. 하지만 그날, 그 순간, 달리는 마을버스 안에 앉아 있는 언니 모습은 사뭇 달라 보였다.

"휴가가 끝나면 회사로 돌아가야겠지?"

툭 던진 언니의 이 말 한마디에 많은 뜻이 담겨 있는 것 같았다. 여자로서 직장에서 보낸 10년이란 세월이 쉽지만은 않았을, 매 순간 최선을 다했을, 그래서 외롭고 힘들었을, 그 모든 감정과 노고가 그 한마디 말 속에 담겨 있는 것처럼 느껴졌다. 늘 회사에서 팀장을 하느니 내 회사의 사장이 되겠다

고, 철없이 뜬 구름 잡는 이야기만 하던 나를 한심한 듯 쳐다
보던 언니도 이젠 다른 사람의 회사가 아닌 내 회사에서 일하
고 싶은 때가 되었음을 문득 느낀 것일까.

"동네책방 어때? 우리가 즐겨 찾고 좋아했던 홍대 땡스북
스 같은 그런 공간 말이야."

언젠가 막연히 '북 카페를 운영하면서 글이나 쓰면서 살았
으면 좋겠다'고 누군가에게 툭 말을 내뱉은 적이 있다. 그 후
로 그렇게 사는 삶이 결코 실현 불가능한 생각은 아닐 것 같
다는 왠지 모를 기대감이 있었다. 가까운 미래에 내가 그런
삶을 살고 있을 것 같은 느낌.

좋은 타이밍이다 싶어 언니에게 진심을 담아 말했다. 언니
와 함께 홍대 부근에서 살던 시절 동네서점의 대표격인 땡스
북스를 자주 방문했던 터라 길게 설명을 하지 않아도 그 공간
이 무엇을 의미하는지 언니는 바로 알아차렸다. 다음Daum에
서 근무하던 시절 제주도(젊은 나이에 제주도에서 일하며 살아
볼 수 있는 기회가 있었던 건 내 인생에 큰 행운이다) 근무를 마치
고 서울로 부서이동을 했을 때, 홍대 오피스텔에서 언니와 단
둘이 잠시 살았던 적이 있다. 그때쯤 홍대 땡스북스가 막 오
픈했고, 처음엔 무엇을 하는 곳인지 잘 몰라 들어가기를 잠

시 머뭇거렸던 기억이 난다. 하지만 시간이 흐르고 땡스북스는 언니와 나에게 그야말로 아지트가 되었다. 땡스북스의 분위기, 음악, 책의 향기, 공간의 매력을 누구보다 잘 알게 되었다. 그리고 땡스북스가 있다는 것은, 홍대 근처에 사는 좋은 이유 중 하나가 되었다.

"만약에 진짜 동네 책방을 하게 된다면 그곳은 상암동이었으면 좋겠다. 우리가 잘 알고 있는 동네니까."

완전히 생뚱맞은 얘기라고 귀담아 듣지도 않을 것 같았던 언니가 의외로 긍정적인 의견을 내놓기 시작했다. 우리가 상암동에 이사 왔을 때는 상암동이 한창 개발 중이었다. 아무것도 없는 황무지에 가까운 상암동이 어떻게 개발되고 발전할지 언니와 나는 그 가능성에 매료되어 있었다. 또한 상암동에 살고 있었기 때문에 가까이에서 상암동의 거침없는 변화를 가장 빠르게 알아챌 수 있었다. 하루가 다르게 건물이 들어서고 상점이 생기는 모습을 보면서 상암동에 활기찬 시장이 형성될 수 있겠다고 생각했다. 그 무엇보다 앞으로 어떻게 변화할지 모르는 황무지 같은 상암동이 오히려 매력적으로 느껴졌다. 무궁무진한 기회가 있을 것 같은 오묘한 기대감이랄까. 그 변화의 물살에 내가 생각하는 작은 책방도 함께 하고 싶다는 생각이었다.

이미 언니는 나보다 두 발자국 앞서 생각하고 있었다. 우리는 사뭇 진지한 얼굴로, 그러나 누구보다 즐겁게 함박웃음을 머금고 수다를 이어나갔다.

마침내 타고 있던 15번 마을버스가 홍대역에 도착했다. 그 순간에도 우리의 수다는 멈추지 않았다. 아주 오래 전부터 사업을 진지하게 고민하고 신중하게 생각해온 사람들처럼 지칠 줄 모르는 아이디어와 우리가 꿈꾸는 책방에 대한 이야기 보따리가 풀려 나왔다. 사업에 성공하거나 창업한 분들의 이야기를 듣거나 책을 읽어 보면 모두 꽤 드라마틱하고 대단한 능력들을 가지고 있었다. 사업은 아무나 도전할 수 없는, 특별한 사람들만 할 수 있는 영역으로 보였다. 사업하는 사람들은 일반인들과는 다른, 별도로 정해져 있는 운명을 타고난 사람들이라고 생각하고 있었던 터라 너무 쉽게 사업을 결정짓는 것은 아닌지 내심 불안하기도 했다. 웹툰뿐만 아니라 요즘 한창 드라마로도 인기를 얻은 윤태호 작가의 〈미생〉에 나오는 대사처럼 우리가 '지금, 사업 놀이를 하고 있는 건 아닌지…' 재미있겠다는 단순한 생각, 들뜨기만 한다고 사업이 될 일은 아니기 때문에 곰곰이 생각해볼 필요가 있었다.

하지만! 한편으론 복잡할 게 하나도 없겠다 싶은 생각이 들기도 했다. 이슈가 되는 트렌드를 알아보고 콘텐츠를 다루는 일은 무엇보다 재미있게 할 수 있을 것 같았고, 누구보다 잘 할 수 있다는 자신감이 들었기 때문이었다. 솔직히 말하면 자신감 하나만 있었는데 벌써 사업의 50%는 이미 이뤄 놓은 것 같았다.

마을 버스에서 내린 언니와 나는 '필' 받은 김에 더 깊이 있게 이야기를 나눠보자고 근처 도넛 가게를 찾았다. 지금도 그 도넛 가게를 쳐다보면 가슴이 먹먹해 온다. 왠지 모를 아련함과 뜨거움이 동시에 마음 속 깊은 곳에서 올라오는 듯한 느낌을 받곤 한다(실은 나중에 이곳에서의 수다가 우리 사업의 시작을 알리는 역사적인 순간이 될 수도 있겠다는 생각에 머리를 맞대고 깨알같이 아이디어를 적어 내려가던 모습을 카메라에 담아두긴 했다. 언젠가는 이 사진을 보며 추억을 새록새록 떠올릴 날이 있겠다는 야릇한(?) 생각과 함께).

지금 북바이북에서 운영하고 있는, 고객들이 많이들 좋아하고 참여하는 '책꼬리(북바이북 고객들이 읽은 책에 대해 남기는 책 추천 평)'도 바로 이곳에서 탄생한 아이디어다. 그밖에 실현 가능할지 불가능할지 여부는 뒷전으로 하고 생각나는

대로, 하고 싶은 대로 미래에 우리가 만들어갈 책방에 대한
모습을 써내려 갔다. 그리고 바로 그 순간부터 책방 주인장으
로 살겠다는 꿈은 실현되고 있었다.

얼마 전에 『어쩌다 보니, 그러다 보니』의 박성제 저자(MBC 기자, 노조위원장으로 일했다)와
함께 한 강연회. 평범한 직장인으로 살고 있었다면 감히 만나볼 수도 없는 멋진 작가들을 만
나는 기쁨 역시 책방 주인장으로 살면서 느끼는 행복 중 하나다.

　　　　　　　　　　　　　　　　　　　　　　술 먹는 책방

책방 아가씨에 대한 환상을 모조리 깨부수고 있는 우리 자매.

술 먹는 책방
북바이북 만들기
두 번째 이야기

2° 상암홀릭의 시작,
상암동
먹방의 메카(?!)

4년 전 상암동으로 처음 이사올 때까지만 해도 이곳은 그냥 조용한 동네였다. MBC, YTN, SBS 등 대형 방송국 사옥들이 들어설 곳들은 한창 공사 중이었다. 조용한 동네에 공사 현장의 스산함까지 더해 그 때는 풍경이 꽤 살벌했다. 상암동은 겨울에 더 춥다. 한강이 가까워 강바람의 영향이 큰 탓인지 한겨울이면 그야말로 칼바람이 날카롭고 거세기 그지없다. 우리는 가을쯤에 상암동으로 이사를 왔기 때문에 첫해는 상암동 겨울의 매서운 맛을 호되게 당했다.

다음Daum 근무시절, 제주도는 겨울이라 해도 온도가 영하로 내려가는 날은 극히 드물기 때문에 한겨울에도 양말을 신지 않고 다닐 때도 많았다. 맨발로도 발이 시리지 않을 만큼 따뜻한 겨울을 보낼 수 있는 곳이 바로 제주도였다. 심지어

추울까 싶어 서울에서 바리바리 싸들고 간 두터운 코트도 무용지물이었으니까. 게다가 집과 회사는 자동차로 이동하면 10분 거리에 떨어져 있었고 걸어다닐 일이 거의 없었기 때문에 한동안 추위를 잊고 살았다.

홍대에서 언니와 단 둘이 살 때는 둘 다 회사 일로 정신없이 보내느라 집 안은 거의 난장판이었고 주말엔 쉬기 바빠 집안일은 늘 뒷전이었다. 어쩌다 한번 부모님이 오는 날이 청소 하는 날이었을 정도로 언니와 나는 집안일에 거의 신경을 끄고 살았다. 나중에 결혼해서 아이까지 낳게 되면 어떻게 살 수 있을지 도저히 상상이 되지 않을 만큼, 워킹맘들이 위대하게 느껴지면서 회사 다닐 동안만큼은 결혼을 하지 말아야겠다는 엉뚱한 생각까지 하곤 했다. 어쩌다 한번씩 딸들 사는 집에 오는 부모님은 이렇게 사는 모습이 심히 걱정스러웠는지 같이 사는 것을 검토해 보자고 하셨다. 그러다보니 회사 다니기에 교통이 편리한 곳을 찾게 되었고, 찾다 보니 상암동이 눈에 들어왔다.

다음Daum 미디어본부에서 일하고 있던 언니와 나는 '디지털미디어시티'라는 상암동의 새로운 이름도 썩 마음에 들었다. 전혀 모르는 동네였지만 왠지 친숙한 느낌. 그렇게 우리는 자연스럽게 상암동에 정착하게 되었다.

지금은 많이 달라졌지만 4년 전엔 한참 개발 공사를 하고 있는 디지털미디어시티(DMC) 메인 스폿만큼이나 상암동 골목길 분위기 역시 삭막하기 그지없었다. 손에 꼽을 만한 음식점 몇 개를 제외하고는 모두 상암동에서 오랫동안 장사를 해온 지물포, 꽃집, 철물점, 세탁소, 구두수선집 등이 골목길을 차지하고 있었다. 그나마 직장인들이 출근하는 평일 낮에는 사람들의 흔적을 느낄 수 있어 덜 스산하고 덜 삭막했지만, 주말 특히 일요일에는 골목길에 사람들의 흔적이라곤 눈을 씻고 봐도 찾기 어려울 정도였다. 그래서 처음 책방을 열 것이라고 했을 때 거의 모든 사람들의 반응은 똑같았다.

"왜 하필 이런 때 책방을… 그리고 왜 하필 상암동에서…"

언제부터인가 출판 시장은 거의 항상 '단군 이래 최고의 불경기'라고 일컬어지고 있는 상황이었으므로 이 시점에 책방을 시작하겠다고 하는 내가 이상한 사람으로 보였을 것 같긴 하다. 또한 어마어마한 규모로 개발되고 있는 상암동 디지털미디어시티의 상황을 잘 모르고 있는 사람들은 더욱더 상암동을 새롭게 시작하는 책방의 터전으로 삼으려는 것 역시 이해가 되지 않았을 것이다. 하지만 1년 정도 시간이 지난 상암동의 지금은 어떤가. 굵직굵직한 방송국들이 차례로 이전해 상암동에서 새로운 방송시대를 열고 있으며 이와 더불어 북바이북 1호점과 2호점이 위치한 골목에도 역시 하루가 멀다 하고 새로운 상점들이 들어서고 있다.

방송국에 촬영하러 왔다가 우연히 들른 어느 잘 생긴 유명 연예인이 북바이북의 단골 손님이 되어 이웃처럼 편하게 담소를 나누는 모습을 문득 상상해 보았다. 그 모습이 영화 〈노팅힐〉의 줄리아 로버츠와 휴 그랜트가 서점에서 만나는 장면과 겹쳐졌다. 꼭 로맨스가 아니더라도 인연으로 발전할 수 있는 우연이 무궁무진하겠다는 생각에 북바이북 시작부터 설레지 않을 수 없었다.

주변 사람들의 이야기를 들어보면 '책방 주인'이란 직업에 대해 누구나 조금씩은 일종의 로망을 가지고 있는 것 같다. 나 역시도 그랬으니까. 그리고 보면 책방이란 공간은 꽤나 감성적이고 서정적이며, 따뜻하고 로맨틱한 느낌을 품고 있는 공간인 것 같다.

상암동 동네책방 북바이북을 사람들에게 알리는 첫 신호탄은 북바이북 온라인 매체인 '상암홀릭'의 탄생에서부터 시작되었다. 상암동에 터를 잡고 시작하겠다고 마음먹은만큼 상암동이란 동네의 매력을 잘 모르는 사람들에게도 알리는 작업을 하면 좋겠다고 생각했다. 상암동에 살고 있는 사람들조차 동네를 부지런히 돌아다니지 않으면 그 변화를 감지하기 어렵다. 때문에 '상암홀릭'이라는 닉네임으로 페이스북, 블로그 등을 운영하며 상암동 소식을 알리는 일은 꽤 보람있는 일이었다.

"상암동에 이렇게 좋은 곳이 있었는지 몰랐다."

"상암동이 정말 많이 발전하는 것 같다."

"드디어 상암동에 올 게 오는구나."

상암동 소식을 올릴 때마다 이미 상암동에 거주하고 있는 사람들조차도 상암동의 변화가 새롭게 느껴지는 모양이었다. 이들이 가장 빠른 반응을 보였다. 얼굴도 모르고 이름도 모르는 사람들이지만 모두 '동네주민'이란 생각에 왠지 모를 친근함이 느껴졌다. 삭막하던 골목길에 변화가 찾아온 것도 바로 그때쯤. 새롭게 인테리어 공사를 하는 상점들이 조금씩 생기기 시작했고, 홍대 근처 상권에서나 볼 수 있는 젊은 사장님들도 조금씩 보이기 시작했다. 어릴 때부터 다른 사람들이 모르는 정보를 가장 먼저 찾아내서 알려주는 것을 좋아했던 터라 새로운 맛집이 오픈하면 바로 찾아가 시식해 본 후

후기를 올리기도 했다. 맛집뿐만 아니라 내가 직접 이용해보고 좋았던 스포츠센터나 도서관 등에 대해서도 성심 성의껏 후기를 올렸다. 상암동에 근무하는 직장인들은 조금씩 상암동 맛집 검색을 통해 상암홀릭 블로그나 페이스북을 찾아 들어왔고, 북바이북이 위치한 상암동 골목길은 방송국 사옥이 밀집해 있는 DMC 중심부에서 조금 거리가 떨어져 있음에도 불구하고 '상암홀릭'에 올린 골목길 맛집 소개 덕에 자연스럽게 북바이북도 직장인들의 입소문을 타고 조금씩 알려졌다.

북바이북을 오픈한 이후로는 몸이 매여 있어서 새로운 맛집 정보를 자주 올리지 못하고 있지만 상암홀릭 운영 초창기에는 일주일에 3회 정도씩 꾸준히 맛집 업데이트를 했으니 새로운 맛집이 나타나기를 기다리는 직장인들에게는 유용한 정보의 장이 되었겠다는 생각이 든다.

1년 넘게 상암홀릭을 운영해온 덕분인지 그 사이 상암홀릭은 상암동 먹방의 메카가 된 것 같은 느낌이다. 심지어 상암홀릭 브랜드가 생각보다 강렬해서 북바이북과 상암홀릭을 같은 사람이 운영하고 있다는 것을 아직도 연결시키지 못하는 사람들도 꽤 있다. 처음엔 북바이북을 알리기 위한 목적으로 시작했지만 북바이북보다 상암홀릭이 더 유명하다는 느낌을 받을 땐 이래도 되나 싶을 때도 있다. 하지만 아무려면 뭐 어떠랴. 이미 상암동에 숨어있는 맛집을 찾아다니는 재미만으로도 충분히 삶이 풍요로운데 말이다.

그렇게 상암동 맛집들을 이 잡듯이 뒤지고 다니면서 맛집 사장님들과 친하게 지낼 수 있게 된 것은 덤으로 얻은 행운이다. 친절하고 푸근하게 대해준 사장님들이 없었다면 이 혹독한 상암동에서 여전히 외로움에 치를 떨고 있지 않았을까. 그래서 그 감사한 마음을 이 책을 통해 조금이나마 표현해 보려한다. 요즘 흔히 느낄 수 없는 골목길의 따뜻한 정을 듬뿍 느끼게 해준 고마운 분들께 말이다.

1호점 뒷문을 열면 항상 주인집 개가 반갑게 맞아준다. 골목길의 정겨움을 흠뻑 느낄 수 있었던 한때.

상암동 골목길 **대표맛집 리스트**

한 자리에서 25년, **세연이네 꽃방**

처음엔 포스 넘치는 사장님 인상 덕에 제대로 대화조차 나누지 못했지만 지금은 가족 못지 않게 북바이북을 옆에서 응원해 주고 있는 꽃집 사장님. 여전히 소녀다운 모습으로 꽃집을 화사하게 가꾸고 있는 모습에 매번 많이 배우게 된다.

커피는 북바이북이 맛있어요, **탱크 닭발**

엄마가 집에서 만들어 주는 음식처럼 모든 음식이 신선하고 맛있는 곳. 상암홀릭에 소개된 이후로 장사가 잘 된다며 내부 메뉴판 정중앙에 '커피는 북바이북이 맛있어요'라고 대문짝만하게 붙여 주었다. 함께 골목길을 만들어 가는 듯한 느낌. 오랜만에 따뜻한 정을 느낀다.

상암동 대표 동네빵집, **더브래드팬트리**

음악을 좋아하고, 책을 좋아하시는 흥이 많은 사장님이 운영하는 동네빵집. 유명 대기업에서 근무했을 때보다 지금이 훨씬 행복하다며 남은 빵도 서슴없이 나눠주는 정 많은 사장님이다. 욕심 내지 않고 정도를 지키며 맛있는 빵 맛을 만들어내는 모습에 존경을 표함. 그래서 상암동 대표 동네빵집이 될 수 있는 것일 터.

골목길 콜라보레이션의 주인공, **우연**

북바이북 단골이었던 셰프님과 인연이 닿아 북바이북과 함께 상암동 골목길 콜라보레이션까지 만들어 가고 있는 우연. 최근엔 맛있는 일본식 카레를 만들어 주어서 열심히 홍보 중이다.

심플하게 산다, **오지어몽**

운동이면 운동, 음악이면 음악, 글이면 글, 그림이면 그림, 못하는 게 없어 보이는 상암동 대표 젊은 사장님. 음식점뿐만 아니라 스포츠센터까지 운영하며 나이 대비 폭 넓은 사업을 하고 있다. 마음이 가는 대로 그 누구보다 '심플하게 산다'를 실천하고 있는 듯.

직장의 인연이 상암동까지, 서롱

다음Daum에서 만났다면 겸상조차 할 수 없을 정도로 직책이 높았던 분을 상암동에서는 너무나 편안하게 만날 수 있어 영광이다. 직장 선배님이기도 하고 사업 선배님이기도 하여 북바이북 오픈 당시 조언을 많이 해준 덕에 큰 도움이 되었다. 된장 짜장면, 된장 짬뽕을 한번 맛보면 잊을 수 없는 곳.

집밥의 여왕

북바이북과 마찬가지로 미인 자매가 운영하는 작은 식당. 이름답게 정말 집밥을 먹는 것처럼 반찬 하나하나가 너무 맛있다. 역시 음식점은 그 무엇보다 음식이 맛있어야 함을 일깨워 준 곳.

레드그릴

골목길에 아무것도 없었을 때부터 유독 눈에 띄는 빨간색 간판으로 시선을 사로잡았던 수제버거 전문점. 사장님은 이태원 유명 스테이크 전문점 오픈 멤버로 오래 전부터 상암동에 터를 잡고 단골을 만들었다. 최근엔 눈과 입을 모두 사로잡는 피자까지 개발하여 제 2의 전성기를 맞고 있는 듯.

양평막국수&닭갈비

개그맨 이수근 씨의 형님이 운영한다는 소문으로 오픈하자마자 사람들로 북적북적한 곳. 맛도 일품이다. 지난 여름 시원한 막국수 한 사발 먹을만한 곳이 없어 아쉬워하던 차에 마침 오픈을 해서 한동안 엄청나게 드나들었다. 가끔 북바이북에 커피 마시러 오는 개그맨 이수근 씨도 곧 텔레비전에서 볼 수 있게 되길.

부송국수

이런 저런 이유로 골목길에서 DMC 오피스 중심가로 이전해서 아쉽긴 하지만 푸짐한 비빔밥, 국수 등을 맛볼 수 있는 곳이라 즐겨 찾았던 곳. 집밥 냄새 폴폴 풍기는 정겨운 곳으로 아마 상암동 직장인들도 이미 많이 좋아하고 있는 곳일 것이다.

PART2

책과
음악을
잇다

책방엔 음악이 빠질 수 없지!
북바이북 BGM

어렸을 때부터 음악 듣는 것을 좋아했다. 아니 정확하게 얘기하면 음악을 들으면서 무언가 하는 것을 좋아했던 것 같다. 감수성이 한창 예민한 학창 시절엔 음악만큼 감성을 채워줄 만한 것도 없었던 같다.

MP3 플레이어가 우후죽순으로 출시되고 스마트폰이 생활화되면서 점점 음반을 구매하는 일은 줄어들었지만 학창 시절엔 없는 용돈을 모아 음반을 사러 가는 그 시간이 왜 그렇게 설레고 신이 났었는지. 좋아하는 음악을 들으며 무엇인가를 할 때만큼은 내가 꼭 뮤직비디오 속 주인공이 된 듯 감성적인 일상을 보낼 수 있었다. 그래서 나는 무엇을 할 때든 좋아하는 음악을 듣는 것을 무척 좋아했다.

중학교 3학년 때는 한 TV 프로그램을 통해 우연히 알게 된 베이시스Basis라는 가수 그룹에 푹 빠져 지냈다. TV에서 노래를 듣는 순간 소름이 돋아 그날로 테이프를 사서 테이프가 늘어질 때까지 들으며 하루하루를 보냈다. 베이시스 콘서트를 보러 가기 위해서라면 야간 자율학습 정도는 과감하게 땡땡이 칠 수 있었다. 학창시절에 친했던 친구들은 하나같이 내가 교복 차림으로 베이시스 콘서트를 쫓아 다니던 모습을 기억하고 아직까지도 그 얘기를 하곤 하니 내가 어지간히도 열정적으로 좋아했구나 싶기도 하다.

　북바이북 오픈을 준비하면서 책 못지 않게 음악에 신경을 많이 썼던 이유가 어린시절부터 줄곧 표출했었던 감성의 발로가 아닐지. 책 읽으면서 듣기 좋은 음악이면서도 내가 좋아하는 음악들을 북바이북이라는 공간에 울려퍼지게 했으면 좋겠다는 생각을 했다. 주변 지인들에게 음악을 추천 받아 보기도 했는데 이상하게도 정통 클래식 음악이 많았다. 물론 책 읽기 좋은 분위기를 위해서는 조용한 클래식 음악이 어울리는 것은 사실이지만 왠지 정통 클래식 음악은 적어도 내가 운영하는 책방 분위기와 잘 맞지 않는다는 느낌이 들었다. 너무 진지하지 않고, 유쾌하면서도 캐주얼한 느낌의 책방을 만들고 싶다는 생각과 정통 클래식은 계속 어긋나는 느낌이었다.

고민 끝에 내가 좋아하는 음악 중에서 책 읽으면서 듣기 좋은 음악을 정리해보기로 했다. 중학교 때부터 팬이었던 베이시스 정재형의 음악들을 비롯, 기타리스트 박주원, 에피톤프로젝트부터 내가 좋아하는 영화 〈멋진 하루〉, 〈ONCE〉 등 영화 OST까지. 그렇게 좋아하는 뮤지션의 음악부터 좋아하는 영화 OST까지 곡을 추려보니 꽤 풍성했다. 북바이북 분위기와도 잘 어울렸다. 다행스럽게도 북바이북에서 흘러나오는 음악이 좋다고 말하는 손님들이 꽤 많아서 한동안 홀로 회심의 미소를 쓰윽쓰윽 지었던 기억이 난다.

내가 좋아하는 음악을 듣고 또 좋은 음악들을 찾다 보니 어느새 북바이북에는 내가 좋아하는 아티스트들의 음반을 판매까지 할 수 있게 되었다. 기타리스트 박주원을 비롯, 이 책에서도 자세히 그 인연에 대한 기록을 남겼지만 동네아티스트로 만나 팬이 된 박근쌀롱, 기타리스트 찰리정, 그리고 파스텔 뮤직에서 근무하다 상암동에서 사업을 하고 있는 젊은 사장님 덕에 에피톤프로젝트, 짙은 등의 파스텔 뮤직 아티스트들 음반까지 입고를 해둘 수 있게 되었다. 또한 매장에 음악을 틀어 놓았을 뿐인데 많은 사람들이 뮤지션이 누구냐고 질문이 쏟아지는 바람에 입고를 하게 된 푸디토리움 음반을 비롯해서 조용한 공간에 어울리는 재즈뮤지션들의 음반도 북바이북에서 만날 수 있다. 실컷 책을 읽을 수 있는 것 못지않게 내가 좋아하는 음악들을 하루 종일 들을 수 있는 것 역시 책방을 운영하는 즐거움 중 하나다. 때문에 책 못지않게 좋은 음악들에 대하여 말해 줄, 영감을 줄 손님들 역시 북바이북에 많이 왔으면 하는 바람이 있다. 책 못지않게 음악 역시 삶을 풍요롭게 해주는 중요한 매개체이므로.

북바이북과 너무나도 잘 어울리는 디자인을 한 스피커를 발견. 이 스피커 덕에 1호점은 물론 2호점까지 좋은 음악들로 공간을 꽉 채울 수 있었다.

음악을 듣고 단숨에 팬이 되어 버린 기타리스트 박주원, 동네서점—동네아티스트의 인연으로
만난 박근쌀롱과 기타리스트 찰리정, 이 우연한 인연이 북콘서트, 미니콘서트의 인연으로까
지 이어지고 있다.

현재 북바이북에서 들을 수 있는 BGM 리스트

기타리스트 박주원

어떤 계기로 좋아하게 되었는지 기억이 잘 나지 않지만 그냥 듣다 보니 어느 순간 박주원 씨 콘서트 현장에 가 있었다. 음악이 좋으니까 음악을 들었을 뿐. 그런데 북바이북 분위기와도 어울리는 음악들이 많다.

박근쌀롱

동네 아티스트 인연으로 만난 재즈뮤지션. 처음에 이름만 들었을 때는 홍대 언저리에서 활동하는 언더그라운드 밴드인줄 알았다. 그런데 음악을 듣는 순간 빠져들지 않을 수 없을 정도로 반해버렸다. 조만간 2집도 만나볼 수 있다고 하여 완전 기대하고 있는 중.

기타리스트 찰리정

박근쌀롱 덕에 알게 된 역시 동네 언저리 아티스트. 알고 보니 우리나라에서 블루스 기타리스트로는 최고로 꼽히는 유명 기타리스트였다. 박주원님과는 또 다른 느낌의 울림이 느껴지는 음악들이 많다. 최근에 발매된 2집 음악들도 강추!

에피톤프로젝트

미니홈피를 한창 열정적으로 운영하던 시절부터 배경음악으로 줄곧 설정을 해두었던 아티스트여서 그런지 최근까지도 팬심이 이어지고 있다. 그냥 음악이 좋아서 그냥 오래도록 믿고 듣는 아티스트.

짙은

멜랑콜리한 기분을 느끼고 싶을 때 주로 이 아티스트의 음악을 듣는다. 특히 '겨울'이라는 계절과 잘 어울리는 목소리의 주인공인 것 같다.

푸디토리움

친한 친구가 푸디토리움의 엄청난 팬이었던 덕에 알게 되어 나 역시도 음악을 좋아하게 되었다. 푸디토리움의 리더인 김정범씨가 직접 음악감독을 한 〈멋진 하루〉 OST도 영화만큼이나 참 좋다.

정재원

가장 최근에 알게 된 싱어송라이터. 원래는 유명 뮤지션들의 세션으로 활동하다가 최근에 싱어송라이터로서 첫 번째 음반을 발매했다. 모든 음악이 타이틀 곡이라는 평가를 받을 정도. 북바이북과도 잘 어울리는 음악들이 많아 무한 반복으로 듣고 있는 중!

동네 바보언니(?) 박국장님 &
동네 아티스트 박근쌀롱, 박 남매 이야기

"북바이북을 하면서 가장 보람된 일은 무엇인가요?"

북바이북을 취재하러 온 기자들이나 혹은 책방에 관심이 있어서 찾아오는 손님들에게 자주 이런 질문을 받곤 한다. 그럴 때마다 난 주저없이 "단골 손님이 하나, 둘씩 생길 때요." 라고 답한다.

사업을 시작하기 전까지만 해도 난 역마살이라도 낀 것마냥 한자리에 가만히 있지 못하고 잠시라도 여유가 있거나 기회가 생기면 국내외를 막론하고 어디론가 떠났던 기억이 난다. 여행을 한번 다녀오면 에너지를 듬뿍 받아와 일상 생활을 더욱 활기차게 이어나갈 수 있었다. 특히 해외 여행만 다녀오면 기운이 넘쳐 흐르는 나의 모습을 보고 아예 해외 나가서 사는 것도 좋을 것 같다고 조언하는 친구들도 많았다. 이러한 나의 떠돌이 성향을 잘 알고 있는 지인들은 처음에 내가 책방을 시작한다고 했을 때 어떻게 하루 종일 한 곳에 가만히 있어야 하는 책방을 할 마음을 먹었냐며 의아해했다. 하지만 난 주저없이 이야기할 수 있었다.

"책방 일이 한 곳에 하루 종일 있어야 하는 것은 맞지만 방문하는 사람들이 다양하기 때문에 내가 직접 돌아다니는 것만큼이나 많은 사람들과의 관계를 통해 다이내믹한 경험을 할 수 있어서 지루할 틈이 없다."

그렇다. 나는 원래 사람 만나는 것을 좋아하고 다양한 사람들의 이야기를 듣는 것을 좋아하기 때문에 여행을 좋아했다. 사람들을 만나서 무언가를 함께 할 수 있는 일이라면 무엇이든지 흥미롭게 해왔던 것 같다. 북바이북이라는 제한된 공간에 하루 종일 있으면서도 지루할 틈이 없는 이유 중 하나도 바로 이 '사람' 덕분이었다.

북바이북 1호점을 오픈한 지 몇 개월이 지났을까. 여느 때와 다름없이 급한 일들을 끝내고 여유롭게 책을 읽으며 한가로운 시간을 보내고 있을 때쯤, 갑자기 쇼트커트 헤어스타일에 보이시한 차림을 한 여성 한 명이 약간은 껄렁한 모습으로 매장 안으로 불쑥 들어왔다. 1호점은 워낙 좁은 공간이기 때문에 손님 한 명만 들어와도 꽉 차는 듯한 느낌이 든다. 하지만 난 언제나 손님은 손님 공간을, 난 내 공간을 유지하고자 노력하는데 애써 대화를 하지 않아도 편안하게 책을 둘러 볼 수 있는 분위기를 만드는 것이 내 역할이라고 생각하기 때문이다. 그래서 난 쇼트커트 머리의 여성이 불쑥 들어왔을 때도 당황하지 않고 "어서 오세요" 라는 인사 한마디를 건넨 후, 다시 읽고 있던 책을 읽어나가기 시작했다. 그러고 나서 몇 분이 흘렀을까.

"그런데 왜 『강신주의 다상담』 2권은 없어요?"

"아, 그게 정치 얘기는 머리 아플 것 같아서요. 제가 잘 모르는 분야이기도 하고… 북바이북과도 어울리지 않는 것 같아서…"

갑작스러운 질문에 급하게 말을 얼버무리며 지극히 주관적으로 느껴질 수밖에 없는 대답을 했다.

"그런데 강신주 박사님 팬이세요?"

"아, 섭외 한번 해보려고."

"오! 방송국에서 근무하세요?"

"아 예. 제작사예요."

그렇게 통성명을 하듯이 몇 마디의 대화가 이어지고 난 후

쇼트커트 머리의 손님은 다음을 기약하며 문을 나섰다.

"섭외 꼭 성공하세요!!! 화이팅!!!"

나가는 뒷모습을 바라보며 화이팅을 외친 것으로 '박국장님'과의 첫만남은 끝이 났다.

알고 보니 쇼트커트 머리 손님은 우리나라 최고 규모를 자랑하는 방송 제작사에서 근무하는 국장이었다. 그 후로 종종 북바이북에 방문할 때면 주로 섭외하려는 방송인의 책을 사서는 몇 마디 대화를 남긴 채 홀연히 사라졌다. 가끔 오가며 동네에서 마주치기도 했는데 알고 보니 박국장님도 상암동 주민이었던 것. 옷차림은 항상 회색 롱 코트에 화사한 무늬의 스카프를 두르고 있었는데 늘 볼 때마다 범상치 않은 포스를 느꼈다. 방실방실 웃으며 "안녕" 하는 모습에서 반가움이 느껴지기도 했지만 이상하게도 예전에 한창 인기 있었던 영화 〈웰컴 투 동막골〉에서 머리에 꽃을 달고 "마이 아파~"를 외치던 강혜정의 얼굴이 오버랩되었다. 나중에 친해지고 난 후 첫인상을 이야기하며 '동네바보'인 줄 알았다고 농담 섞인 이야기를 하며 웃고 넘길 정도로 언니의 모습은 참 독특했다.

"어? 내 동생도 음악 하는데… 음반도 판매하세요?"

주인장 사심(私心) 프로젝트로 시작하여 기타리스트 박주

박국장님과 박근쌀롱, 박 남매가 있기 때문에 술 먹는 책방 번개는 늘 즐겁다.

원 씨 음반을 판매하고 있을 때쯤 박국장님이 건네 온 말이다.

"내 동생은 '박근쌀롱'이라는 뮤지션인데…"

솔직하게 이야기하면 처음 들어보는 이름이었고 홍대에서 주로 활동하는 인디 밴드 정도의 뮤지션이구나 생각했다.

"어?? 그럼 음반 주세요! 잘 진열해 놓고 홍보도 열심히 해 보겠습니다!!!"

단골 고객이기도 한 박국장님에게 잘해주고 싶은 마음이 컸지만 솔직히 음반에 대한 기대감은 전혀 없었다. 그냥 동네 아티스트를 알게 되어 기쁘다는 정도의 마음이었을 뿐. 그리고 며칠 후 박국장님은 음악을 한다는 동생과 함께 한 손에 음반 꾸러미를 들고 북바이북에 찾아왔다. 생각보다 빨리, 적극적으로 음반을 준 덕에 그 관심에 감사하기도 했지만 한편으로는 음반이 잘 팔리지 않으면 어떡하나 걱정이 되기도 했다.

박근쌀롱의 첫 느낌은 역시 뮤지션답게 포스가 남달랐다. 색깔이 있는 렌즈 안경을 쓰고 있었는데 눈을 잘 볼 수 없어서 그런지 신비롭고 몽롱한 느낌이었다. 지금 생각하면 일부러 신비주의 콘셉트로 색깔 안경을 쓰고 온 건 아닌지, 짐작해본다.

"Where am I, who I am I've been lost for a long~~~"

알고 보니 박근쌀롱은 인디뮤지션이 아닌 실력 있는 재즈 뮤지션들이 모인 팀이었다. 박국장님 동생인 박근혁 씨를 중심으로 우리나라에서 내로라 하는 연주자들이 모인 실력파 재즈뮤지션팀이었던 것. 박근쌀롱 1집은 드럼 박근혁, 기타 찰리정, 베이스 최은창, 피아노 윤석철로 구성되었으며 2012년에는 한국대중음악상 최우수 재즈&크로스오버 재즈음악상까지 수상한 경력이 있는 유명한 분이었다. 아무런 기대 없이 음악을 들었다가 귀가 쫑긋쫑긋, 가슴이 저릿저릿. 너무나 세련되고 게다가 무겁지 않은 재즈 선율에 대책없이 빠져들고 말았다. 그 후로는 박근쌀롱의 팬이 되어 북바이북에 방문하는 단골 손님들에게 음악을 추천하고 있다. 그러다 가끔, "지금 나오는 음악이 뭐예요?" 라고 물어보는 손님이 있으면 신이 나서 음반소개는 물론 아티스트와의 인연이 된 스토리까지 들려준다. 이런 음악을 만드는 사람들이 잘 되어야 한다는 나름의 사명감과 함께!

그렇게 동네바보(?) 언니로 만난 박국장님과 박근쌀롱, 박씨 남매와의 인연은 지금까지도 여전히 진행 중이다. 박국장님은 중국 방송국과 함께 제작하는 프로그램 촬영에 눈코뜰새 없이 바쁘고, 박근쌀롱은 오랜만에 준비 중인 새로운 앨범 작업으로 정신없이 바쁘게 보내고 있다. 얼마전엔 박근쌀롱과 함께 북바이북에서 북콘서트를 개최하기도 했다. 동네 아티스트와의 인연으로 만나 북콘서트까지 함께 했을 때의 기분이란, 정말 감격스럽고 행복했다.

가까운 곳에 살고 있으면서도 자주 만나지는 못하지만 각자의 자리에서 프로페셔널한 모습으로 살아가는 그들 남매에게 응원의 박수를 보낸다. 오래도록 북바이북과 함께 해주십사 하는 무언의 압력과 함께.

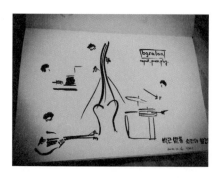

박근혁 씨가 직접 그린 박근쌀롱 1집 〈습관의 발견〉 앨범 재킷을 보고 '미녀 알바'가 다시 그렸다. 박근혁 씨의 그림 실력에도 놀랐지만 갈수록 일취월장하는 미녀 알바 그림 솜씨에 놀라지 않을 수 없다.

2014년 11월 말 북바이북에서 있었던 북콘서트 협의를 위해 찾아준 박근쌀롱. 누가 뮤지션 아니랄까봐 비오는 날 느낌 좋다며 추운데도 굳이 밖에서 협의하는 센스.

개성 강한 전문 직업인들의 모임, 상암쌀롱의 탄생

어쩌다 보니, 그러다 보니 동네아티스트, 제작사국장, 가구디자이너, 화가, 방송마케터, 인테리어 전문가, 책방 주인장, 사업가들이 한자리에 모였다. 모이면 동네사람, 이웃집 사람처럼 친근한 사람들이지만 저마다 각자의 분야에서는 한가닥하고 있는 스페셜리스트들. 이름하여 '상암쌀롱'이라는 이름으로 탄생한 이 모임은 북바이북을 거점으로 탄생했다.

상암쌀롱의 시작은 2014년 여름으로 거슬러 올라간다. 북바이북 2호점을 오픈하고 정신 없는 하루하루를 보내고 있을 때쯤 친구 은정에게서 연락이 왔다. 은정이는 고등학교 친구다. 둘 다 고등학교 때부터 '문화예술' 분야에 관심이 많았다. 야간자율학습을 땡땡이치고 뮤지컬이나 콘서트 등을 함께 보러 다닌, 은정이 표현에 의하면 '열정의 온도'가 같은 친구다. 학생 신분으로 매여 있으면서도 항상 자유분방함을 추구했던 우리. 은정이와 나는 그때부터 여러모로 비슷한 성향을 가지고 있었기 때문에 지금까지 친하게 지낼 수 있는 것 같다. 30대 중반이 되고 나니 친구들은 크게 두 부류로 나뉘어졌다. 한 부류는 결혼을 해서 아이의 엄마가 되어있거나 다른 한 부류는 결혼을 하지 않고 일만 엄청나게 하는 친구들로 말이다. 아이 엄마가 된 친구들은 안타깝게도 직장 생활을 계속하지 못하고 가정에 충실한 생활로 굳어지는 모습을 많이 보았다. 그런데 일을 하고 있는 나로서도 곰곰이 생각해 보면 결혼하고 아이를 키우면서 사회생활을 하는 게 여간 힘든 일이 아니겠다 싶다. 현재 내 일에만 전념하기에도 정신 없는 하루를 보내고 있는데 집안일과 아이까지 키우면서 일을 한다는 것은 주변의 도움 없이는 절대 불가능한 일인 것 같다. 이러한 사실은 주변 친구들의 결혼 생활을 통해서도 너무나 잘 알고 있기 때문에 일욕심이 많은 친구들은 결혼을 늦게 하는 모습을 많이 본다.

은정이 역시 일에 대한 열정과 에너지가 넘치는 친구이기 때문에 아직까지도 일과 꿈에 대해 이야기를 터놓고 할 수 있는 몇 안 되는 친구 중 한 명이다. 이러다가 서로 결혼하고 아이라도 낳게 되면 금방 아이와 남편 얘기로 화제가 전환될 수 있겠지만, 아직까지 우리는 현재 하고 있는 일과 앞으로 해야 할 일에 대한 이야기만 해도 시간이 모자랄 만큼 일에 대한 생각들로 머리가 꽉 찬, 열정의 온도가 비슷한 친구들이다. 자극이 되는 친구, 언제든지 일에 대한 조언을 얻을 수 있는 은정이가 갑자기 연락해 온 이유는 바로 박근쌀롱 음악 때문이었다.

현재 은정이는 화가로 활동하고 있는데, 평소 작업을 할 때 본인이 좋아하는 음악들을 들으면서 영감을 받으며 작업한다는 것을 잘 알고 있다. 또한 은정이가 좋아하는 음악들이 어떤 장르의 음악들인지 잘 알고 있었기 때문에 박근쌀롱의 음악을 은정이에게 추천해주었는데 은정이도 너무 좋다며 바로 나에게 연락을 한 것이었다.

"진양아, 박근쌀롱 음악이 너무 좋아서 무한반복으로 듣고 있다. 나중에 박근쌀롱님과 한번 만나보고 싶다."라는 짧은 메시지를 남겼다. 그 후 박근쌀롱은 종종 북바이북에 들러 책을 보고 갔는데 하루는 구매한 2권의 책 중 한 권이 바로 은정이가 쓴 책 『지금 시작하는 드로잉』이 아니겠는가! 나는 순간 이것은 분명 둘이 만나야 한다는 신의 계시라고 생각하고 바로 말문을 열었다.

"이거 제 친구가 쓴 책이에요. 제가 박근쌀롱님 음반도 추천해 줬는데, 요즘 그 음악에 빠져서 헤어나오지 못할 정도로 무한반복해서 듣고 있대요. 친구가 한번 만나뵙고 싶다고 하는데 어떠세요?"

박근쌀롱 1집 음반 표지를 보면 박근쌀롱이 직접 그린 박근쌀롱 멤버들의 그림이 있다. 알고 보니 그 표지 그림 한 장을 그리기 위해 몇백 장을 연습하면서 밤을 새웠다고 한다. 너무나 쉽게 슥슥 그린 것 같은 느낌의 그림이라 타고난 솜씨가 뛰어나다고 생각했는데 보이지 않는 곳에서 그렇게 열심히 연습을 했다니. 다시 생각해보면 은정이 책 『지금 시작하는 드로잉』이란 책이 박근쌀롱의 눈에 안 들어 올 수 없겠다 싶다.

"아… 음… 그럼 이번 주는 너무 급한 것 같고, 다음주 금요일쯤…"

그렇게 은정이와 박근쌀롱은 운명적으로 북바이북에서 첫 만남을 가지게 되었다. 음악에 빠진 화가와 그림에 빠진 뮤지션의 만남. 북바이북에서 이런 의미 있는 자리를 만들어 줄 수 있다는 것 자체로 설레고 뿌듯했다.

그런데 더 재미있는 인연은 그때부터 시작되었다.

은정이가 최근 파주로 작업실을 옮기면서 책장이 필요하다면서 북바이북 책장에 관심을 보여 마누파쿰 책장을 한 세트 구매한 직후라 마누파쿰 박상현 대표를 알게 되었고, 더 신기한 것은 박상현 대표 역시 박근쌀롱을 알고 있다고 하는 것이 아닌가.

심지어 얼마 전에는 박근쌀롱과 만나 맥주 한잔 하고 있다는 소식까지 전해 주었다. 한국에서는 6명의 사람만 거치면 모르던 사람도 모두 연결될 수 있다는 어느 통계자료를 본 적이 있는데 정말 소름이 돋을 정도로 신기한 인연들이 계속되는 것 같았다.

그렇게 해서 은정이와 박근쌀롱이 만나는 자리에 박상현 대표도 함께 하게 되었다. 나중에 알고 보니 박근쌀롱 음반에 기타리스트로 참여한 찰리정과 박 대표가 오랫동안 알고 지낸 사이여서 박근쌀롱까지 알고 있었던 것이다. 마침 우연히 합석하게 된 기타리스트 찰리정과 이전 직장 동료이자 상암동에서 또다시 만나게 된 방송마케터 쥴리쏭까지 합세, 우연한 인연으로 만나 모두 한 자리에 모이고 보니 정말 다양한 분야에서 한가닥 하는 사람들이었다. 그런 분들이 북바이북에 모여 있으니 어찌 영광스럽지 않을 수 있었겠는가. 순식간에 너무나 재미있는 인연의 꼬리를 물고 만나게 된 사람들. 그냥 한 번 만나고 헤어지기엔 너무나 좋은 사람들인 것 같아 뭐라도 한 가지 해놓지 않으면 후회가 될 것 같아 모임의 이름을 만들자는 의견이 나왔다. 모두 바쁜 사람들이라서 정기 모임을 갖는 것은 쉽지 않겠지만, 이렇게 이름이라도 만들어 놓으면 좋은 인연들을 쉽게 놓치지 않을 것 같다는 마음이 모두에게 동시에 들었던 것 같다.

재미로 일인당 1만 원씩의 금액을 걸고 모임의 이름을 짓기 시작했다. 다양한 이름이 거론되는 가운데 문득 내 머릿속에 툭 하고 떠오른 이름이 있었으니 바로 '상암쌀롱'이다. 상암동에 있는 북바이북을 거점으로 시작되었으니 '상암', 박근쌀롱님과 은정이의 만남을 계기로 시작되었으니 '쌀롱'. 발음하기도 좋고, 탄생 배경도 괜찮고, 뜻도 괜찮고… 그렇게 거금 10만 원은 북바이북의 주인장이 내 차지가 되었지만 그때부터는 돈으로 환산할 수 없는 '어마어마한 분'들과의 인연이 시작되고 있었다.

예상했던 것처럼 모두 바쁜 사람들이라 정기모임은 원활하게 진행되고 있지 않지만 여전히 상암쌀롱의 인연은 계속

되고 있다. 북바이북이 선물해준 고마운 인연들. 앞으로 상암
쌀롱이 또 어떤 예상치 못한 행복을 안겨줄지 벌써부터 기대
되고 또 기대된다.

2014년 12월 초, 북바이북에서 박근쌀롱 북콘서트가 열렸다. 박근쌀롱이 북바이북에서 공연
하는 순간을 꿈꾸긴 했지만 꿈이 이루어지고 나니 얼떨떨한 기분은 아직까지도 떨칠 수가 없
다. 오른쪽은 상암쌀롱이 탄생한 역사적인 순간.

SANG
AM
SALON

사 앙
암 선

상암동 젊은 사장 동지,
음악마케터에서 막걸리전문점 사장되기

처음엔 북바이북 마케팅의 일환으로 시작했지만 지금은 오히려 상암동 맛집 찾아 다니는 재미가 쏠쏠하여 더욱 적극적으로 운영하고 있는 상암홀릭 먹방. 1년여 전까지만 해도 상암동 골목길에는 새로운 먹방 취재거리가 없어 큰 빌딩 안에 입점해 있는 맛집들까지 구석구석 찾아 다니곤 했지만 지금은 골목길에 있는 맛집만 투어하기에도 벅찰 정도로 그 사이 상암동에는 엄청난 변화들이 있었다.

주로 북바이북 매장 안에서만 생활을 하다 보니 바깥의 변화를 못 느낄 때가 많은데, 한번씩 북바이북 마감 이후 골목길 마실을 다녀보면 얼마 전까지만 해도 있던 곳이 없어지고 그 사이 새로운 곳이 들어서는 등 빠른 변화에 깜짝깜짝 놀라곤 한다. 한가지 아쉬운 점은 아무래도 상암동이 방송국을 비롯한 직장인들이 많이 다니는 곳이다 보니 주로 회식하기 좋은, 술을 마실 수 있는 곳 위주로 많이 들어서고 있다는 것. 부동산 사람들이 말하길 처음 상권이 형성될 때는 주로 이자카야를 비롯한 술집이 우후죽순으로 생기다가 어느 정도 시간이 지나야 다양한 업종들이 잘 어우러져 문화를 느낄 수 있는 거리가 형성될 수 있다고 한다. 이러한 변화에 작은 바람이 있다면 북바이북과 함께 호흡할 수 있는 문화 공간들이 많이 생겨났으면 하는 것. 그러다 보면 상암동 골목길도 지금보다 더 풍성한 문화의 거리가 될 수 있지 않을까 생각해 본다.

막걸리 전문점 '가락' 사장님과의 인연도 상암홀릭 먹방 투어에서부터 시작되었다. 북바이북 1호점 오픈 이후 북바이북 일만해도 신경 쓸 일이 너무 많아 먹방 투어를 소홀히 한 적이 있다. 하루 종일 매장 정리하랴, 손님 대응하랴 정신없이 지내다 보니 마감 후 먹방 투어까지 하기엔 체력적으로도 많이 힘들었던 탓이다. 또한 우후죽순으로 생기는 음식점 중 맛집으로 소개할만한 곳은 어디인지 정보도 점점 바닥나기 시작했다. 하지만 이러한 위기를 잘 넘기면서 꾸준히 양질의 먹방 소식을 올릴 수 있는 방법은 없을지 고민하다가 상암홀릭 페이스북에 이렇게 공지를 올려 보았다.

"요즘 북바이북에만 너무 신경 쓰느라 맛집 정보 업데이트가 안 되고 있습니다. 아하하하. 혹시 자주 방문하시는 맛집 정보 제보해주시면 상암홀릭이 바로 달려갑니다!!!"

어떻게 생각하면 뻔뻔한 질문일 수도 있었지만 조금 기다리다 보니 하나둘씩 제보 댓글이 달리기 시작했다. 파스타 맛있는 집, 짜장면 맛있는 집, 수제버거 맛있는 집 등 기대 이상으로 많은 맛집 정보를 알려주는 상암홀릭 페친님들이 고맙고 또 고마웠다.

'가락' 역시 그 소개 댓글 중에 있었던 곳이었다. 바로 '과메기가 맛있는 집'으로. 다음Daum에 근무할 때 포항이 고향인 선배가 자주 데리고 가던 과메기 맛있는 집이 한 곳 있었다. 평소 과메기를 즐겨 먹는 편도 아니었고 과메기를 먹을 기회도 그렇게 많지 않아 과메기의 진짜 맛을 잘 모르고 있었는데 그 선배 덕에 환상적인 과메기 맛을 알게 되었다. 하지만 회사를 그만 둔 이후에는 그곳에 갈 일이 전혀 없어 자연스럽게 과메기 맛을 잊어버리고 있을 때쯤 과메기 맛있는 집을 추천받은 것이다. 페친의 댓글을 보는 순간 그 자리에서 바로 북바이북 문을 닫고 가락으로 향했다. 마침 마감시간이었고 단골손님 2명이 같이 있었던 터라 갑작스러운 번개가 가능했다.

2013년 겨울 추위는 역시 매서웠다. 북바이북 1호점에서 몇 걸음 안 되는 가락까지 걸어가는 데도 차가운 칼바람에 두 발을 동동 구르며 뛰어갔던 기억이 난다. 북바이북을 마감하고 갔으니 시간은 밤 11시를 향하고 있었고, 가락에는 이미 취한 손님들이 꽉 차 있었다. 두꺼운 코트를 입고 좁은 자리에 끼어 앉아 있으면서도 희희낙락 즐거운 사람들의 모습, 2013년 한겨울의 모습도 그렇게 평범하게 지나가고 있었다.

가락은 상암동에 처음 이사 왔을 때부터 있었던 곳이다. 방송국 사옥들이 한창 건립 공사 중이어서 상암동은 온통 공사현장이나 다름없는 분위기였고 그때만 해도 유동인구가 많지 않았으니 상암동 골목길 역시 황무지나 다름없었다. 낮에는 그나마 점심 시간에 식사를 하러 나온 직장인들 덕에 활기를 띠었지만 밤에는 주로 인근 홍대나 신촌 등으로 나가서 회식을 하는지 도통 인기척을 느낄 수가 없었다. 특히나 주말에는 직장인들도 없고, 아파트 단지에 거주하는 주민들도 골목길까지 나오기에는 제법 멀기 때문에 스산한 골목길은 유령도시나 다름없었다. 그러한 환경에도 불구하고 인테리어도 깔끔하고 음식도 푸짐하고 맛있어 보이는 집 하나가 딱 있었으니 어찌 눈에 띄지 않을 수 있었겠는가. 언니와 나는 가락 앞을 지나다닐 때마다 꼭 한번 가보자고 줄곧 얘기했었는데 계속 못 가다가 '과메기'라는 단어 하나에 기습 방문을 하게 된 것이다. 좋아하는 단골 손님들과 함께하는 자리였기에 더욱 기분이 들떠 있었다.

과메기는 역시 맛있었다. 늘 그랬던 것처럼 상암홀릭 먹방 관리자의 자세로 열심히 사진을 찍고 맛을 음미했다. 배만 부르지 않았다면 쭈꾸미 떡볶이도 먹어보고 싶었지만, 떡볶이라면 거의 환장하는 내가 주문을 하지 않았던 걸 보면 과메기가 정말 맛있었나 보다.

그렇게 뜻하지 않게 상암동에서 과메기 맛있는 집을 발견한 후 상암홀릭에 소개하니 사람들 반응은 폭발적이었다. 이미 가락의 과메기 명성을 알고 있는 분들은 함께 호응해 주기도 했다.

그렇게 오랜만에 옛 추억을 떠올리게 만들어준 과메기와 함께 겨울의 감흥을 흘려 보내고 있을 때쯤 한 손님이 북바이북에 찾아왔다. 그날도 어김없이 추운 날이었고 롱코트 차림에 책가방을 메고 모자를 뒤집어쓴 채 1호점 매장으로 불쑥 들어온 한 남자 손님. 그러곤 서가를 천천히 둘러보더니 나에게 말을 걸어왔다.

"어??? 박주원 씨 좋아하세요????"

"아 예… 팬이죠… 박주원 씨 아세요?"

"아 예… 음악 좋죠. 알기도 하고."

순간 박주원 씨 기획사에서 음반을 잘 판매하고 있는지 염탐하러 온 직원인가 순간 의심하기도 했다.

"아, 여기 상암동에서 근무하세요?"

궁금증을 참지 못하고 질문을 던지자 돌아오는 대답.

"아 예, 상암동에서 일하고 있어요, 여기 '가락'이라고…"

알고 보니 그 남자 손님은 가락을 운영하고 있는 사장님이었다. 가끔 북바이북에 대해서 블로그 포스팅 해준 사람이 없는지 검색을 해보곤 하는데, 가락 사장님 역시 가락에 대한 블로그 포스팅을 찾아 보다가 내가 쓴 과메기 리뷰를 보고 북바이북에 방문을 한 것이다. 게다가 평소 책 읽는 것도 좋아해서 홍대 북카페를 자주 가곤 했었는데 상암동에 이런 책방이 있는 줄 몰랐다면서 북바이북을 상당히 마음에 들어 하는 눈치였다. 너무 젊어보여서 사장님이라곤 생각하지 못하고 있었는데, 사장님 역시도 내가 아르바이트생으로 보였는지,

"아, 사장님이세요? 블로그 직접 쓰신 분이요??"

라고 물어 왔다. 그때만 해도 골목길 사장님들과 친하게 지내

는 것이 어색하고, 내가 상암동 골목길의 한 일원이라는 사실을 실감 못할 때였다. 하지만 이제는 과메기의 인연으로 친분이 생긴 가락 사장님을 비롯하여, 여러 사장님들과 이런저런 대화를 나눌 정도로 친하게 되었으니 지금은 마치 상암동이 내 고향인 것처럼 마냥 편안하고 따스하게 느껴진다. 그리고 생각보다 젊은 사장들이 많이 있다는 사실에 조금 놀라기도 했다.

가락 사장님은 그 후로 종종 북바이북에 와서 책 이야기, 음악 이야기, 사업 이야기 등 수다 타임을 만들었다. 나 역시도 사람인지라 손님이 없을 땐 불안하고 초조하여 평정심을 잃을 때가 있고 계속 반복되는 일에 지치기도 하고 체력적으로 힘들 땐 기분이 가라앉기도 한다. 사업을 처음 하는 나로서는 현재 내가 잘 하고 있는 것인지, 혹은 놓치는 것은 없는지 등 챙겨야 할 일과 걱정 등으로 머릿속이 항상 꽉 차 있었는데, 그럴 때 같은 또래의 젊은 사장들과 사업을 비롯한 다양한 이야기를 할 수 있다는 것에 많은 위안을 얻었던 것 같다.

가락 사장님은 알고 보니 오랫동안 '파스텔 뮤직'이라는 음반기획사에서 마케터로 일했던 사람이었다. 그러고 보니 음식점 이름이 '가락'인 이유도 짐작이 간다. 에피톤프로젝트,

짙은 등 평소 파스텔뮤직 소속 아티스트의 음악들을 좋아했던 나로서는 가락 사장님의 경력을 듣는 순간 놀라지 않을 수 없었고, 사장님의 소개 덕에 파스텔뮤직 음반을 북바이북에 자연스럽게 입고할 수 있었다. 요즘 CD를 구매하는 사람들이 얼마나 있을까 싶지만 그래도 매장에 판매하는 음반들의 음악을 틀어 놓으면 꽤 많은 사람들이 어떤 뮤지션의 음악이냐고 물어보곤 마음에 드는 음반을 구매하곤 한다. 때문에 책 못지 않게 아티스트들이 공을 들여 정성스럽게 만들었을 음반 역시도 하나하나 정성스럽게 진열해 두려고 노력한다.

그렇게 상암동에서 우연히 알게 된 젊은 사장님 덕에 북바이북 공간은 더욱 풍요로워졌다. 또한 상암동 젊은 사업가 동지가 있다는 것만으로도 든든하게 느껴진다.

먼 훗날 언젠가는 "옛날에 상암동은 말이야~~" 라고 터줏대감 놀음을 하며 함께 추억을 떠올릴 그 날이 올 때까지 가락, 북바이북이여 영원하라~!!!

커피가 있는 동네서점 북바이북

술 먹는 책방
북바이북 만들기
세 번째 이야기

1° 이름대로 산다,
북바이북이라는
이름의 탄생

사람이든, 사물이든, 상점이든, 심지어 고양이나 강아지까지 '이름'에 따라 그 존재의 의미와 형식이 참으로 많은 영향을 받는 것 같다. '이름대로 산다'는 어른들의 말씀이 틀리지 않다는 것을 이름에 얽힌 다양한 에피소드를 보고 들을 때마다 새삼 느끼고 또 느낀다.

중학교 때 일이다. 시골에서 쌍둥이 자매가 전학을 왔는데 일란성 쌍둥이였다. 너무나 똑같이 생겼던 터라 그 애들을 구분할 수 있는 건 이름과 목소리, 잘 살펴봐야 알 수 있는 성격 정도에 불과했다. 그런데 두 아이 중 한 명의 이름은 '순심'이 였고 또 다른 아이의 이름은 '쌍심'('상심'도 아닌 진짜 '쌍심')이 었다. 나는 중학생인 그 어린 나이에도 어떻게 딸의 이름을 '쌍심'으로 지었는지 전혀 알지도 못하는 그 아이들의 부모를 굉장히 미워했던 기억이 난다. 하여튼, 진짜 신기한 것은 그 쌍둥이들의 성격이었다. 두 아이는 그렇게 닮았음에도 불구하고 성격은 엄청나게 달랐다. 순심이의 성격은 깜짝 놀랄 만큼 순하고 착했는데, 쌍심이는 툭 건드리기만 해도 금방이라도 터져버릴 것처럼 사나운 성격을 갖고 있었다. 이름을 알고 난 후 그들의 얼굴을 다시 한 번 자세히 살펴 보았는데, 얼핏 보면 전혀 구분하지 못할 정도로 똑같이 생겼지만 성격에 따라 다른 표정이란 것을 알 수 있었다. 그토록 똑같은 얼굴에서 완전히 다른 인상을 동시에 보게 된 새로운 경험을 하게 되었던 것이다. 정말 이름대로 사는구나. 이름 하나로 그렇게 성격이 달라질 수 있다는 것이 신기하기도 하거니와 이름이 얼마나 중요한 것인지를 새삼 깨닫게 된 계기가 되었다. 한편으로는 사람들이 자신을 볼 때마다 '쌍심'이라고 부르는데 어떻게 순한 성격이 형성될 수 있을까 싶기도 했다. 아무리 생각해도 여전히 그 아이들의 부모가 참으로 무신경하고 무책임했다는 생각이 든다.

내가 운영하게 될 책방의 이름을 짓는 것도 그래서 중요했다. 세상에 처음으로 선보이게 될 이름, 수많은 사람들에게 불려질 이름, 아마도 나름 꽤 유명해질(?) 이름이 될 것이니,

많은 사람들이 자연스럽게 좋아할만한 이름을 짓는 것이 중요했다. 언니와 나는 밥을 먹을 때도, 지하철을 탈 때도, 잠자리에 들 때도, 운동을 할 때도, 언제 어디에서든지 시간만 있으면 이름 짓는 이야기를 끊임없이 했다. 우리가 생각하는 동네책방의 이름에는 한 사람이 책을 읽고 책 추천평(현재 북바이북에서는 '책꼬리'라고 부르고 있다)을 남기면 다른 사람이 그 책의 추천평을 읽고 마음이 움직여 책을 구매하는, 책에 의해 사람들이 서로 소통할 수 있는 공간이라는 의미를 포함할 수 있으면 좋겠다고 생각했다. 마침 언니와 나는 '애로우 잉글리시(문법 없이 암기 없이 바로 말을 만들어 영어를 배울 수 있는 강의 프로그램)'라는 영어 회화 과정을 수료한 공통점이 있었다. 그곳에서 배운 전치사의 의미를 습득하고 있었던 터라 '책'의 의미와 다양한 '전치사'의 뜻을 연결하여 이름 짓는 작업을 쉴 새 없이 해보았다.

'Book in Book', 'inside Book', 'around Book', 'above Book', 'and Book'…

책이라는 명사와 전치사를 조합하는 일에 집중하다 보니 어느덧 생각보다 다양한 이름들이 떠올랐다. 어딘가에서 들어 봤음직한 이름부터 발음하기에 다소 껄끄러운 이름까지.

이름을 짓는 작업이 이렇게 재미있는 일인지도 새삼 알게 된 시간이기도 했다.

'Book By Book'

그러다 문득 'by'라는 전치사를 연결시키는 순간 왜 그런 느낌이 들었는지 모르겠지만 이거다 싶은 확신이 들어 더이상 다른 이름은 아예 생각나지 않았다. 애로우 잉글리시 이론에 따르면 'by'의 의미는 우리가 흔히 학창 시절에 달달 외우던 '~에 의한'이란 뜻이 아닌 '~의 힘을 받는 원천'이란 뜻으로 풀이할 수 있다고 했다.

'책의 힘의 원천이 되는 것은 책'

애로우 잉글리시를 수료한 덕에 '책에 의한 책'이라고 의미를 부여하는 것보다 조금 더 강력한 메시지를 담고 있는 이름을 생각해낼 수 있었다. 책이라는 힘의 원천으로 또 책이 존재하는, 책을 통해 끊임없이 소통할 수 있는 공간이라는 뜻을 담고 있는 이름이 완성된 순간이었다.

'북바이북, 북바이북, 북바이북, 북바이북, 북바이북…'

몇 번이고 입 안에서 오물오물, 소리내어 발음해 보고 되뇌어 보면서 '북바이북'이란 이름을 입에 익숙하게 밀착시키는 작업을 해 보았다. 조금은 남성적인 느낌(실제로 페이스북

북바이북 로고는 마누파쿰 박상현 대표가 직접 디자인을 해주었다. 세상에 단 하나뿐인 '마누파쿰체'가
너무 예뻐 똑같은 글씨체로 디자인을 해달라고 요청했다. 컵, 백, 간판 등 어디에 붙여 놓아도 어울릴 수
있도록 정말 환상적인 디자인을 해준 박대표에게 진심으로 감사의 인사를 전한다.

술 먹는 책방

이나 블로그만으로 북바이북을 접하다가 처음 매장에 방문하는 사람들은 주인장이 여자라는 사실에 깜짝 놀라곤 한다)인 것도 마음에 들었고, 웬일인지 오래 전부터 알고 있던 브랜드 이름처럼 입에 착착 달라붙는 익숙한 느낌도 좋았다.

문득 내 인생의 두 번째 책 『탐나는 동업 20』을 작업할 때 인상 깊은 인터뷰이었던 가구디자이너 3명의 동업으로 탄생한 '카레클린트' 대표들의 브랜드 네이밍 노하우에 대한 인터뷰 내용이 떠올랐다. 그것은 이름을 지을 때 발음하기가 쉬워 누구나 쉽게 기억할 수 있는 이름을 짓는 방법도 있지만 한번에 발음하기 어려워 오히려 기억에 오래 남을 수 있도록 하는 이름 짓기 전략도 있다는 내용이었다. '카레클린트'가 후자라면 '북바이북'은 전자에 해당하는 셈이다.

홍대 카페 꼼마는 오픈 초기 한 쪽 벽면이 전부 천장까지 치닫는 책장의 모습이 공간의 분위기를 압도하여 많은 사람들의 주목을 받은 곳이다. 나 역시 그러한 분위기가 좋아 자주 찾았던 곳이기도 하다.

북바이북이란 이름이 탄생한 그날 역시 언니와 나는 홍대 카페 꼼마에 함께 있었다. 조용히 책을 읽는 사람들도 있었지만 우리처럼 소곤소곤 담소를 나누며 한가로운 한때를 보내는 사람들도 여럿 있었다. 공간은 이런 저런 사람들로 가득했고, 훗날 북바이북에도 이 곳처럼 많은 사람들로 북적북적하는 날이 오리란 기분좋은 상상을 나누었다. 적당한 소음과 적당한 고요 속에서 드디어 '북바이북(Book By Book)'이란 이름이 탄생하였다.

약 1년여가 지난 지금, 생각보다 꽤 많은 사람들에 의해 이름이 불려지고 있고 여기저기 찍힌 로고 사진을 볼 때면 이름이 완성되었을 때의 그 순간이 문득 문득 떠오른다. 다른 의미를 찾아보자면 일반 직장인에서 책방 주인장으로 변신하게 된 결정적인 순간, 내 생애 처음으로 '나의 회사' 이름을 갖게 된 역사적인 순간이기도 하다!!!

한가지 아쉬운 점이 하나 있다면 이렇게 중요한 순간들을 하나하나 사진으로 기록해 두지 못했다는 것. 하지만 카메라 필름보다 더욱 생생하게 내 머릿속에 남아 있으니 괜찮다, 그래, 다 괜찮다!!!

술 먹는 책방
북바이북 만들기
세 번째 이야기

2° 어떤 영감을
얻을 수 있을까?
도쿄 서점 투어

북바이북을 찾는 손님들 중 종종 이런 질문을 하는 사람들이 있다. '혹시 일본과 관련된 일을 하느냐'는 것. 디자이너 혹은 번역, 일본어 전공을 했느냐는 등 구체적으로 직업까지 콕 집어서 물어보는 사람들도 있다. 그때마다 난 대답을 하기 전 왜 그렇게 생각했냐고 되묻곤 한다. 어떤 점 때문에 그런 생각을 하게 된 것인지 정말 궁금했기 때문이다. 그런데 가만히 생각해보면 북바이북을 오픈하기 전 약 20여 군데, 오픈 후 약 10군데 정도의 도쿄 책방 투어를 했으니 북바이북이 일본 책방의 영향을 받지 않았다고 하면 거짓말일 게다. 일본에서 구매한 책들과 액세서리 류도 서가에 같이 진열되어 있으니 손님들이 그렇게 생각하는 것도 당연하다 싶다.

북바이북 준비를 시작할 때쯤 운명처럼 발간된 『도쿄의 책

술 먹는 책방

방』『도쿄의 북카페』 2권의 책을 들고 언니와 나는 빡빡한 일정으로 도쿄 책방 투어를 떠났다. 하나라도 더 보고 배워야 한다는 생각에 발이 부르트도록 하루에 5곳 이상씩 돌아다녔던 것 같다. 장소가 확정되기도 전이었기 때문에 어느 정도의 규모로 책방을 운영할 것인지 머릿속으로만 상상하면서 둘러보는 방법이 여행 중에 할 수 있는 최선이었다. 그런데 생각보다 도쿄에는 규모가 작음에도 불구하고 예쁘고, 알차게 운영하고 있는 책방이 많았다. 게다가 오래된 전통을 자랑하는 책방도 여전히 많이 남아 있었다. 일본도 한국 못지않게 동네의 작은 책방들이 경영이 어려워져 하나둘씩 없어지고 있는 추세라는데 그런 가운데에서도 오랫동안 운영하고 있는 작은 책방들을 보니 내 일처럼 반갑기 그지없었다.

도쿄 책방 투어 첫 번째 여행에서 가장 기억에 남는 곳은 '부장고'라는 작은 책방형 카페다. 일본 유명배우 오다기리 조를 닮은 듯한 책방 주인장의 외모 덕에 더욱 기억에 남기도 하거니와 무엇보다 북바이북 1호점 오픈 당시 책방 구조나 내부 인테리어 분위기 등 여러 가지로 영향을 많이 받은 곳이기 때문에 더욱 기억에 남는다.

부장고 책방 주인장은 프랑스어를 전공했기 때문인지 책

부장고에서 가장 매료되었던 바Bar 같은 느낌의 카운터. 배우 오다기리 조와 흡사한 분위기의 주인장의 느낌과 너무나 닮아 있다. 부장고 주인장이 직접 만들어주는 커피와 칵테일. 보기에도 예쁘고 맛도 일품이라 책에 둘러싸여 조용한 분위기를 즐기기에 안성맞춤이다.

방에는 프랑스어로 된 소설 등 불문학 책들이 많이 진열되어 있었다. 좁은 공간을 효율적으로 활용한 인테리어 느낌도 좋았는데 한쪽은 편하게 커피나 칵테일을 즐기며 책을 볼 수 있는 공간으로 꾸미고 한쪽은 빽빽하게 책이 들어찬 서가 공간을 만들어놓아 좁지만 좁아 보이지 않는 편안하고 여유로운 느낌을 만들었다. 이러한 부장고의 구조는 좁은 공간을 한껏 활용해야 했던 북바이북 1호점 인테리어 공사 때 많은 도움이 되었다.

부장고는 책뿐만 아니라 커피, 칵테일 등의 음료까지 판매하고 있는 북카페다. 모든 메뉴는 주인장이 직접 만들어 서비스한다. 호기심에 커피 한 잔과 칵테일 한 잔을 주문해놓고 테이블에 앉았다. 도로변 바로 옆에 위치해 있어 책방 밖은 자동차 지나가는 소리와 사람들 얘기하는 소리로 시끄럽고 번잡스러웠지만 책방 안은 조용하고 고즈넉하여 지상 낙원처럼 느껴졌다. 책이 마음을 따뜻하게 해주고 커피 향과 아름다운 색깔의 칵테일이 오감을 즐겁게 해주었다. 굳이 책을 읽지 않아도 공간에 앉아 있는 것만으로도 느껴지는 편안함이 있었다. 나중에 내가 꾸밀 책방도 이렇게 여유와 편안함을 느낄 수 있는 공간이면 좋겠다는 생각을 다시 한 번 했다.

술 먹는 책방

그 다음으로 기억에 남는 책방은 '쿡쿠프'라는 요리책전문 책방이다. 이곳 역시 10평 남짓의 작은 공간의 책방으로 약 1천여 종의 책들이 빼곡하게 진열되어 있다. 쿡쿠프의 특징은 주인장이 모두 책을 읽어보고 난 후 엄선한 책들만 진열해 두었다는 것. 종별 재고 수는 많지 않았지만 주인장이 엄선한 한 권 한 권의 책들을 믿고 구매할 수 있는 곳이다.

쿡쿠프는 요리책 외에도 음식과 관련된 다양한 액세서리를 함께 진열해 놓아 보는 재미가 쏠쏠하다. 음식 그림이 그려져 있는 달력, 음식모양 열쇠고리, 엽서, 수첩, 앞치마 등 음식과 관련된 소품들이 요리책과 함께 진열되어 있으니 책이 더욱 돋보였다. 통유리창 너머로 보이는 노란 불빛의 은은함까지. 쿡쿠프 역시 규모는 작지만 그 전문성만큼은 훌륭한, 동네 책방의 위력을 보여주는 듯 했다.

도쿄 책방 투어 중 마지막으로 기억에 남는 곳은(사실 방문한 곳 모두 기억이 생생하게 남아있지만) '시부야 북셀러즈 앤 컴퍼니'라는 책방이다. 빨간 벽돌 건물에 넓은 통유리 창문이 보이는 것이 워낙 예뻐서 시선을 사로잡았다. 놀랐던 것은 책방 공간과 출판사 사무실이 통유리 창문을 사이에 두고 나뉘어져 있어 책방을 둘러보면서 출판사 사람들이 일하는 모습

10평 남짓한 공간에 주인장이 직접 읽고 선별한 약 1천여 권의 책이 빼곡하게 들어차 있다. 요리책 전문
서점답게 모든 것들이 우리의 침샘을 자극한다. 책뿐만 아니라 책과 관련된 다양한 먹거리를 함께 판매
한다. 아기자기한 먹거리들이 하나같이 충동구매 욕구를 불러일으킨다.

술 먹는 책방

을 볼 수 있다는 것. 책방 공간과 출판사 사무실이 함께 있다는 사실도 흥미로웠지만 사무실 공간을 통유리 너머로 모든 사람이 볼 수 있게 오픈해 두었다는 사실이 더 인상 깊었다. 책방에 들어오는 사람마다 사무실 모습이 신기한지 기웃거리기도 했다. 나중에 나 역시 사무실 공간을 갖게 되면 이런 형태로 공간을 만들어 보고 싶다는 새로운 꿈도 간직하게 된 곳이다.

요즘 한국 사람들이 이야기하기를 이제 도쿄와 서울은 트렌드가 너무 닮아서 서로 구분이 잘 되지 않는다고 한다. 나도 '도쿄에 가도 이제 서울이랑 비슷해서 배울 것이 있을까?'라고 생각했다. 그러나 도쿄 책방 투어를 하면서 가장 많이 느낀 것은 여전히 도쿄와 서울은 꽤 많이 다르다는 것. 도쿄의 골목 구석구석까지 살펴 보니 여전히 깜짝 놀랄만한, 상식을 뒤엎는 콘셉트의 작은 가게들이 많이 있었다. 상상 이상의 다양한 아이디어를 가지고 있는 독특한 콘셉트의 전문적인 작은 가게들이 아직도 많이 존재하고 있다는 점에서 여전히 많이 보고 배울 만하다는 생각이 들었다. 도쿄 책방 투어를 통해 나는 도쿄가 여전히 다양한 전문적인 영역들이 끊임없이 발전하고 있는 보물 같은 느낌의 도시임을 느낄 수 있었다.

북바이북 2호점을 오픈하고 얼마 전 두 번째로 떠난 도쿄 책방 투어에서는 『도쿄의 책방』『도쿄의 북카페』에 소개된 책방 중 가보지 못한 곳과 함께 이번 여행의 가장 큰 목적지, '츠타야'를 방문하는 것이 가장 큰 목적이었다. 『라이프 스파일을 팔다』라는 책을 통해 처음 알게 된 곳, 츠타야. 책을 읽고 책방의 역할에 대한 생각과 책방 운영 방식에 완전히 반해버려 북바이북이 본받아야 할 곳이라는 생각이 들어 꼭 방문해 보고 싶었다. 책과 DVD 대여점으로 시작해 지금은 일본의 대표적인 책방이 된 츠타야. '책방이 창조하는 거리'를 만들고 싶다는 책 속의 츠타야 대표의 말처럼 어떤 방식으로 책방이 창조하는 거리를 만들고 있는지 궁금하지 않을 수 없었다. 츠타야는 도쿄에만도 여러 곳에 위치해 있지만 단독 건물 3개가 모여 거대한 책방 거리를 이루고 있는 다이칸야마 점으로 발걸음을 향했다.

츠타야 다이칸야마 점은 건물 외관부터 풍기는 느낌이 남다르다. '츠타야(Ttaya)'의 'T'를 형상화하여 만든 패턴은 츠타야의 대표적인 상징으로 그 자체로 모던하고 심플한 디자인으로 독특한 인테리어 효과를 냈다.

첫 번째 건물로 들어서니 가장 먼저 요리책 섹션이 진열되

시부야 북셀러즈 앤 컴퍼니의 외관. 빨간 벽돌에 커다란 통유리창이 시선을 한눈에 사로잡는다.

책방과 출판사 사무실이 통유리창을 사이에 두고 연결되어 있다. 나중에 북바이북도 사무실이 필요하게 되면 꼭 이런 형태의 사무실로 꾸며보고 싶다는 생각이 든다. 이때까지만 해도 손님이 책을 구경하고 있음에도 불구하고 매대에서 책을 정리하고 철수하는 것이 이해가 되지 않았지만 지금은 충분히 이해할 수 있을 것 같다. 매대 정리는 시간나는 틈틈이 부지런히 해야 하는 곳이 바로 책방이다.

어 있었다. 그런데 요리책 전문서점 쿡쿠프의 진열 느낌과는 또 다르게 훨씬 다양한 요리 관련 서적과 함께 디자인이 예쁜 주방용품, 예쁜 디자인으로 포장되어 있는 식품들이 책과 함께 진열되어 있었다. 요리 섹션 한 곳만 구경하는 데도 시간이 오래 걸릴 만큼 책과 추천 상품을 여백 하나 없이 아기자기하게 진열을 잘해 놓았다. 이곳에서 근무하는 직원들에게 경의를 표하고 싶었다.

총 3개 동을 둘러보는 데만 해도 반나절이 걸렸다. 얼마나 알찬 콘텐츠로 진열되어 있는지 말을 하지 않아도 알 만하지 않는가. 동 별 2층에는 각각 음반숍, DVD숍, 북카페가 위치해 있었는데 각각의 섹션 전문성에 맞는 인테리어와 진열 품목들이 눈과 귀를 사로잡을 만큼 매력적이었다. 특히나 음반 섹션에서는 한국에서 들어본 적이 없는 뮤지션들의 음악을 들어볼 수 있어 감성까지 제대로 채울 수 있었던 것 같다. 어느 대형 건물에 입점한 것이 아닌 독립적인 건물로 존재하면서 책방이 창조하는 거리를 만들어 가고 있는 츠타야 다이칸야마 서점. 직접 걸어보고 다녀보니 왜 '라이프 스타일을 팔다'라는 책 제목으로 츠타야 창업스토리가 발간되었는지 알 것 같았다.

디테일의 힘! 북바이북을 운영함에 있어서도 가장 중요하다고 생각하고 있던 부분을 츠타야 방문을 통해 더욱 강렬하게 머릿속에 각인시킬 수 있었다는 점에서 두 번째 도쿄 서점 투어는 큰 의미를 갖는다. 또한 필요하다고 느끼는 순간 바로 행동으로 옮기는 것이 사업을 발전시키는 데 있어서 얼마나 중요한 것인지는 도쿄 책방 투어를 통해 다시금 느낄 수 있었다.

츠타야 다이칸야마 서점. 내부는 촬영이 금지되어 있어서 사진을 찍지 못했지만 왜 『라이프 스타일을 팔다』라는 제목의 책으로 발간되었는지 알 것 같다.

PART3

책과
사람을
잇다

북바이북 정신적 지주,
키다리 아저씨

"왜 그렇게 안정적이고 좋은 회사를 그만두고 이런 어려운 길
을 택하셨어요? 후회는 없으세요?"

북바이북을 시작하면서 가장 많이 받은 질문 중 한 가지.
결론부터 이야기하면 단 한 번도 후회한 적이 없다. 한 달에
한 번씩 꼬박꼬박 월급이 나오는 것도 아니고, 그래서 정기적
으로 저축을 할 수 있는 것도 아니기 때문에 경제적인 부분만
생각해 보면 사업이라는 것은 굉장히 불안한 도전이다. 그러
니 다음Daum이라는 누구나 들어도 알고 있는, 소위 어른들이
말씀하시는 표현으로 '좋은 회사'에 다니다가 그만두고 사업
전선에 뛰어든 나의 모습을 보면서 불안하게 느끼는 것은 당
연한 것 같기도 하다.

다음에서 근무하는 내내 나는 경제적으로는 여유로움을

누렸지만 정신적으로는 항상 여유가 없었던 것 같다. 어떤 일을 하고 있어도 나한테 딱 맞지 않은 느낌, 어떻게 해서든지 내 몸에 맞추려고 발버둥만 치다가 시간만 흘려 보내고 있는 느낌이었다. 어떤 이유에서인지는 잘 모르겠지만 아마도 사람들을 만나는 즐거움이 결핍되어 있었기 때문이 아니었을까 생각해 본다. 온라인으로만 고객을 만나고, 메일과 메신저 등을 통해서만 커뮤니케이션이 이루어지는 환경에 적응하기가 힘들었고, 온라인과 오프라인 사이의 괴리감이 한동안 나를 힘들게 했었던 것 같다.

지금이야 그때 그렇게 온라인 환경에서 일하는 방법에 대해 배워두지 않았다면 과연 북바이북을 잘 꾸려 나갈 수 있었을까라는 생각이 들 정도로 다음Daum에서의 경험이 아주 큰 도움이 되고 있지만 그때는 당장 뛰쳐나가고 싶을 정도로 흥미를 느끼지 못했다. 그렇게 20대 후반을 일에 대한 혼돈과 나의 정체성에 대해 끊임없이 고민하고 있을 때쯤 지금의 북바이북 정신적 지주 역할을 해 주는 '키다리 아저씨'를 처음 만났다.

그러니까 지금으로부터 약 5년 전, 키다리 아저씨와는 업무상 한 번 그리고 술자리에서 한 번 이렇게 딱 두 번 정도밖에 만난 적이 없다. 단 두 번의 만남이었지만 지금까지 인연이 지속되고 있는 것을 보면, 사람과의 인연의 농도를 측정할 때 '얼마나 자주'라는 횟수는 측정 기준이 아니라는 생각이 든다.

키다리 아저씨는 그 당시 함께 일하던 거래처 회사의 대표였다. 인상이 참 좋았던 것으로 기억하고, 심각하지 않게, 즐기는 것이 무엇인지 알고 있는 사람 같다는 느낌이 들었다. 술 마시는 분위기를 좋아하는 것에 비해 몸이 따라주지 않아 원하는 대로 술을 마시지 못하는, 내가 업무 미팅 자리에서 술을 엄청나게 마시고 꾸벅꾸벅 조는 것조차 너그럽게 이해해 주었다. 거래처 대표와의 술자리에서 꾸벅꾸벅 졸던 나를 떠올리면 지금도 얼굴이 화끈거리고 쥐구멍에라도 숨고 싶은 심정인데 그것을 이해해 주다니. 지금 와서 생각해보면 인연이 되려고 그때 그렇게 너그러운 인상을 보여주었나 싶다.

그렇게 시간이 지나 2013년 9월 북바이북 1호점의 탄생을 알리던 날, 키다리 아저씨와의 두 번째 인연이 시작되었다. 그분은 상암동에 위치한 한 회사의 직원으로 그리고 난 상암동 동네책방의 주인장으로. 페이스북을 통해 북바이북을 시작한다는 뉴스를 본 키다리 아저씨는 북바이북 1호점을 오픈하던 날, 예쁜 화분과 함께 깜짝 방문을 해주었다. 놀라움과 함께 엄청난 반가움, 약간의 어색함 등 복합적인 감정이 한꺼번에 밀려왔다. 두어 번의 만남뿐이었던 작은 인연으로 이렇게 큰 축하를 받아도 되는 것인지 그 순간만큼은 내가 참 인복이 많은 사람이라는 것을 느끼기에 충분했다. 나중에 알고 보니 키다리 아저씨가 근무하는 회사의 위치와 북바이북은 아주 가까운 거리에 있었다. 회사 건물 1층에 있는 커다란 프랜차이즈 커피숍에서 커피를 마실 수 있음에도 불구하고 키다리 아저씨는 거의 매일 북바이북에서 커피 타임을 가졌다. 매일 아침 키다리 아저씨는 과거 회사의 대표로서 힘들었던 이야기, 사업이라는 것이 결코 쉬운 것이 아니라는 조언, 북바이북의 좋은 점과 개선하면 좋을 점들, 오늘의 뉴스에 대한 이야기, 손님에 대한 이야기 등을 나누었고 추석, 연말연시, 크리스마스, 발렌타인데이… 그리고 얼마 전 있었던 내 생일과 북바이북 1주년의 순간까지 매번 북바이북이 맞이하는 특별한 순간에는 늘 키다리 아저씨가 함께 했다.

"북바이북 1주년 축하해요. 그리고 고생 많았어요. 그런데 아마 2년차 때가 가장 힘들 거예요. 사람들은 슬슬 식상해 할 것이고 발전하고 변화하기 위해서는 돈이 필요하거든. 그래

1호점에 단체 손님이 갑자기 들이닥쳐 모든 의자를 1호점으로 보내고 나니 남은 의자가 없었다. 어쩔 수 없이 높고 불편한 간이의자를 내놓았다. 아랑곳하지 않고 앉아서 책에 집중하고 있는 키다리 아저씨.

서 2년차 때는 돈을 잘 모아놓아야 해요. 필요할 때 주저 없이 앞으로 밀고 나갈 수 있도록."

얼마 전 조촐하게 북바이북 1주년을 기념하는 자리에서 조용히 건네준 말이다. 당신이 직접 겪었던 경험을 바탕으로 말한 것이기에 한 마디 한 마디에서 진심이 느껴졌고, 그래서 더 감동을 받았다. 인생 선배로서, 사업 선배로서 필요할 때마다 툭툭 한마디씩 건네 주는 말에서 어른으로서의 연륜이 느껴졌다.

그러던 어느 날이다. 난 여느 날과 마찬가지로 북바이북 2호점에서 손님들을 맞이하며 열심히 서비스를 하고 있었고 그날도 어김없이 키다리 아저씨가 방문했다.

"일본식 카레와 바게트 빵 그리고 크림 생맥주 한 잔 먹을 수 있을까요?"

여느 때처럼 참 정중하게 메뉴를 주문했다. 북바이북을 시작하면서 고쳐진 나의 단점이 있다면 바로 덜렁거리는 성격이다. 음료를 만들거나 메뉴를 준비하면서 실수를 하면 안 되는 것은 물론이거니와 최대한 정성껏 만들어야 한다는 생각을 염두에 두고 행동하다 보니 조금씩 덤벙거리는 성격을 고칠 수 있었다. 북바이북에서 만드는 모든 메뉴는 누구나 배우면 간단하게 만들 수 있는 것이지만 마음 속으로 정성스럽게 만들어야겠다는 생각을 품고 있는 것과 그렇지 않은 것은 큰 차이가 있다고 생각한다. 때문에 어떤 마음으로 서비스를 해야 할지 마인드 장착을 잘 하는 것은 매우 중요하다. 그런데 문제는 그 다음부터 발생했다. 글쎄, 화장실 변기가 막혀 있는 것이 아닌가! 1호점은 화장실이 없어 옆에 있는 공공화장실을 같이 이용했던 터라 화장실로 애를 먹는 일은 없었는데 우려했던 순간이 오고 말았다는 생각에 눈앞이 캄캄해졌다.

밖에는 키다리 아저씨가 맛있게 카레와 바게트 빵을 드시고 있었기 때문에 호들갑을 떨 수도 없는 노릇이었지만 바꿔서 생각하면 키다리 아저씨라면 오히려 이 상황을 잘 이해해 주리라는 생각이 들었고, 말이 봇물터지듯이 터져 나왔다.

"으악. 화장실 변기가 막혀버렸어요!!!!!! 얼른 가서 '뚫어뻥' 사올 테니 매장 좀 잠깐 봐주세요!!!!"

그리고 난 난생 처음 뚫어뻥을 움켜쥐고 퇴근 시간에 골목길을 전력질주하는 평생 잊지 못할 추억 하나를 만들게 되었다. 다행히 막힌 변기는 뚫어뻥 하나로 시원하게 해결되었지만 급한 불을 끄고 나니 그제서야 키다리 아저씨가 떠올랐다.

"나, 카레 먹고 있었는데…"

농담 반, 진담 반이 섞인 한마디가 날아오는 순간 카레와 뚫어뻥의 이미지가 이어지면서 내가 키다리 아저씨에게 큰 실례를 했다는 생각이 밀려왔다. 아무리 친하고 편안하게 생각하는 사이여도 기본적으로 지켜야 할 선은 지켜야 했는데 말이다. 그리고 이 사건을 계기로 내가 이제는 정말 키다리 아저씨를 일반 손님이 아닌 가족같이 편하게 생각하고 있다는 사실을 알 수 있었다.

그 후로도 가끔 키다리 아저씨는 카레와 뚫어뻥 사건을 종종 말하곤 한다. 내가 조금이라도 해이해진 모습을 보이지 않도록 긴장감을 주기 위해서 일부러 그러는 것인지는 잘 모르겠지만 말이다. 거래처 회사 대표님에서 이제는 북바이북이 발전하는 데 있어서 매우 중요한 조언들을 해주고 있는 정신적 지주, 키다리 아저씨. 북바이북 못지 않게 새롭게 시작하는 사업이 잘 될 수 있도록 나도 옆에서 도움을 줄 수 있으면 좋겠다는 생각을 한다.

키다리 아저씨와 함께 나이 들어갈 향후 10년이 소소한 행복으로 가득할 것 같은 느낌이 드는 것만으로도 키다리 아저씨는 북바이북의 정신적 지주가 분명한 것 같다.

잘생긴 일반인(?),
알고 보니 아나운서

2013년 9월, 북바이북 1호점을 오픈하고 정신없이 손님을 맞이하며 지내다 보니 금세 겨울이 찾아왔다. 북바이북에서 맞아야 하는 첫 겨울이기 때문에 온풍기 시설은 어떤 것을 들여놓아야 하는지, 크기는 어느 정도가 적당할지, 문풍지는 어떻게 발라야 하는지 고민하면서 추위와의 한판 대결을 준비하고 있었다. 다행히 작은 온풍기 한 대와 발을 따뜻하게 해주는 발 난로 한 개 정도 놓으니 추위는 그럭저럭 견딜 만했다. 그렇게 첫 추위와 실랑이를 하고 있던 어느 날, 주로 손님은 점심 시간에 몰렸다가 점심 시간이 지나면 뜸해지기 때문에 편안한 마음으로 점심을 먹고 있었는데 갑자기 한 남자가 문을 벌컥 열고 들어왔다. 첫인상은 일반인인 것 같은데 일반인보다는 조금 잘생긴 남자였다. 편안해 보이는 후드 점퍼에 가

방 하나 달랑 들고 들어와서는 따뜻한 차 한 잔을 주문했다.

"여기 좀 더 있다 가도 되죠?"

"그럼요~~"

그렇게 '잘생긴 일반인 손님'과의 첫 만남은 시작되었다.

그 후 잘생긴 일반인 손님은 잊을 만하면 한번씩 나타나 1시간 이상씩 북바이북에 머물며 책을 읽다 가곤 했다. 그러는 사이 결제하려고 내민 카드에 'MBC' 로고가 찍혀 있는 것을 보고는 MBC 방송국에서 일하는 사람이란 걸 짐작할 수 있었다.

"방송 촬영 스태프세요?"

PD도 아니고 작가도 아니고 애매하게 '스태프'는 뭐람. 질문한 내가 민망해지고 있을 때쯤 그의 답변이 들려왔다.

"아나운서예요."

순간 잘못 들었나 싶었다.

"네?? 뭐라고요?"

"아나운서요. MBC 아나운서."

"어머어머어머!! 제가 아나운서님도 못 알아뵙고 죄송합니다… 그… 그런데… 어떤 프로그램에 나오세요??"

"아… 괜찮습니다. 지금은 〈출발! 비디오 여행〉을 하고 있어요."

그렇게 어이없고도 창피하게 MBC 김대호 아나운서와 첫 통성명을 했다. 잘생긴 일반인 정도로 여겼던 사람은 바로 아나운서였던 것이다. 아나운서가 북바이북에 방문하리라는 생각은 전혀 못하고 있었기 때문에 코 앞에서 아나운서를 보고도 알아차리지 못했던 것이다. 아무튼 유명 아나운서가 작은 책방을 찾아준 것은 감사한 일이었다.

김대호 아나운서는 알고 보니 2011년에 방송했던 〈MBC 신입사원〉이라는 아나운서 오디션 프로그램에서 우승자로 당시에 많은 주목을 받은 사람이었다. 주변 사람들에게도 물어보니 대부분 〈신입사원〉이란 프로그램 우승자로 기억하고 있었는데 난 그것도 모르고 촬영 스태프냐며 질문을 던졌으니 지금 생각해도 얼굴이 화끈거린다.

김대호 아나운서는 MBC 신사옥이 상암으로 이사오기 훨씬 전부터 〈출발! 비디오 여행〉 녹화를 하기 위해 일주일에 한번씩 상암동에 있는 한 녹음실에 왔단다. 녹화하다 시간이 빌 때 조용히 보낼 곳이 없는지 주변을 찾아 다니다가 북바이북을 발견했다고 한다. 주로 여성 고객이 많이 방문하는 북바이북이었기 때문에 여성 고객들이 매장에 들어와 김대호 아

현재 〈출발! 비디오 여행〉을 진행하는 아나운서답게 책은 『공포영화 서바이벌 핸드북』을 구
매했다. 아니러니하게도 공포영화를 잘 못 본다고.

나운서가 앉아 있는 것을 발견하면 힐끗힐끗 쳐다보면서 더 오래 앉아 있다가 가기도 하고, 어떤 사람들은 김대호 아나운서가 나간 이후에 "저 분 아나운서 맞죠??" 라고 나에게 확인 질문을 하기도 했다. 모르는 척 안 보는 것 같으면서도 다 보고 있었던 무서운(?) 여성 고객들이다. 일주일에 한번씩 상암동에 올 때마다 잊지 않고 북바이북을 찾아와서 매번 감사한 마음이 들었다.

그런데 시간이 흘러 북바이북 2호점을 오픈하고 본격적으로 MBC 상암시대가 시작되었음에도 불구하고 김대호 아나운서의 발길은 어느 순간부터 뚝 끊겨 버렸다. 마침 북바이북 단골손님이자 김대호 아나운서를 MBC 예능 프로그램에 캐스팅했던 PD도 북바이북 단골 손님이었던 터라 북바이북에 방문했을 때 장난삼아 물어보았다.

"PD님, 김대호 아나운서 요즘 북바이북 뜸한데 한번 오라고 해주세요~."

"어? 대호?? 오늘 낮에도 사무실에서 봤는데… 전화해볼까?"

"네?? 아니… 아니에요. 장난이에요."

하지만 전화는 이미 통화버튼이 눌러져 있었고 난 결국 김대호 아나운서와 전화통화를 하기까지 이르렀다. 그리고 그 다음 주. 약속이나 한 듯 김대호 아나운서가 2호점에 찾아왔다. 〈신입사원〉에서 함께 우승한 동료 아나운서와 함께 오기도 했고, 시간 있을 때마다 종종 와서 편안하게 쉬었다 가기도 했다. 북바이북 초창기부터 방문해 준 사람이라 더욱 감사하고 기억에 오래 남는 것 같다. (잘 생기셔서 그런 것 절대 아님)

이제는 김대호 아나운서가 TV에 등장하면 유명인이 아니라 가까운 친척이 TV에 나오는 것처럼 친근하게 느껴진다. 아나운서라는 직업은 누구나 동경하는 직업이기도 하고, 주변에서 흔히 볼 수 없는 직업이기에 직접 만나보면 신기하고, 전혀 다른 나라에 살고 있는 사람이라는 생각이 들기 마련이다. 하지만 김대호 아나운서의 첫인상은 전혀 이러한 어려움이 느껴지지 않을 정도로 친근하고 편안한 느낌이었다. 그것이 바로 김대호 아나운서의 매력이 아닐까 싶다. 앞으로도 편안하고 정겨운 4차원 매력으로 승승장구했으면 하는 바람이다.

코스피족 단골손님,
혼자여도 괜찮아

상암동 골목길엔 유독 혼자 사는 사람들이 많다. 그 중엔 상암동에 위치한 회사에 근무하는 사람들도 있고 다른 동네에 직장이 있으나 상암동이 좋아서 상암동에 사는 사람들도 있다. 지하철 6호선과 공항철도가 지나가고 강남으로도 한번에 갈 수 있는 광역버스가 있어 교통 편리성만 보더라도 상암동은 참 살기 좋은 동네다. 게다가 이미 유명해져서 많은 사람들이 익히 알고 있는 하늘 공원, 평화의 공원 등 아파트 단지에서 조금만 걸어가면 만날 수 있는 넓은 공원은 삶을 더욱 풍요롭게 하는데 한몫한다. 처음에 교통 편리성만 보고 상암동으로 이사온 후 어마어마하게 큰 공원을 보고는 덤으로 얻은 이익이 더 큰 것 같다고 감탄하며 한동안 공원을 즐겨 다녔던 기억이 난다.

새로운 동네에 이사오면 가장 먼저 동네 정보를 검색해 보기 마련이다. 맛집은 어디인지, 목욕탕은 있는지, 운동할 곳은 없는지 등 새롭게 이사한 낯선 동네를 익숙한 동네로 만들기 위한 노력을 한다. 상암동 정보를 검색하다 보면 상암홀릭 블로그가 많이 발견되어 자연스럽게 북바이북을 방문하는 손님들이 꽤 많다. 은근히 마케팅 효과를 노린 것도 있지만 특히 상암동에 이사 오는 싱글족들에게 유용한 정보를 주고 싶다는 생각도 컸다. 내가 새로운 동네에 이사가면 궁금해서 찾아보는 것 위주로 스포츠센터, 목욕탕, 맛집 등 그렇게 하나둘씩 상암홀릭에 정보를 업데이트 해 놓으니 점점 많은 사람들이 찾아와 공감해 주고 있다.

그렇게 북바이북을 알게 된 사람 중 한 사람이 여전히 북바이북 단골 손님으로 활약하고 있는 코스피족(카페에서 휴대전화나 노트북 등을 이용해 업무를 보는 사람들을 지칭하는 신조어) 언니다. 처음 1호점을 오픈하고 얼마 되지 않았을 때 문을 살포시 열고 들어와 이것저것 물어보던 언니의 모습이 떠오른다. 지금 생각해 보면 코스피족들이 하루 종일 앉아서 일을 하기엔 1호점에 있는 의자는 꽤 불편하다. 잠깐 동안 책을 읽기엔 어느 정도 괜찮은 의자이지만 하루 종일 북바이북에서 일하고 싶은 사람에게는 엄청나게 불편한 의자로 보일 것이다. 한편으론 회전율을 높일 수 있는 불편한 의자를 만들어 준 마누파쿰 박 대표님에게 감사드리고 있다. (웃음)

북바이북 2호점을 오픈한 지 얼마 되지 않은 어느 날, 코스피족 언니는 또다시 2호점으로 찾아왔다.

"영업 시간이 어떻게 돼요? 요즘 카페에서 죽치고 앉아 있는 손님 때문에 회전율이 떨어져서 카페가 망한다고 하던데, 여기서 조금 오랫동안 일 해도 괜찮을까요? 저기 1호점 오픈했을 때 한 번 방문했었는데 2호점도 좋네요."

그렇게 몇 마디 대화가 이어지고 난 다음날부터 코스피족 언니는 노트북을 비롯한 일감을 들고 북바이북에 거의 출근하다시피 했다. 알고 보니 언니는 트렌드를 파악해 해외 기관에 통계 분석 자료를 보내주는 일을 하고 있는, 그쪽 분야에서는 전문성을 인정받은 실력 있는 프리랜서였다. 런던에서 5년 정도 바닥을 다지며 일을 하다가 얼마 전 한국에 들어와 프리랜서로 활동을 하고 있는 것이다. 나 역시 한때 프리랜서 기자 생활을 한 적이 있는데 그때마다 가장 힘들었던 건 집 외에 마음 편안하게 앉아서 일할 수 있는 공간이 없다는 것. 요즘은 쉐어오피스라는 개념이 있고, 코스피족이라 불리며 커피 전문점 같은 곳에서 자유롭게 일할 수 있는 환경이 어느 정도 만들어졌지만 2천년대 초반까지만 해도 안정적인 직장, 내 사무실, 내 자리라는 명확한 위치가 정해져 있지 않으면 불안한 시선으로 바라보는 사람들이 많았다. 그렇게 내 인생도 프리랜서와 직장생활을 반복하며 각각의 희비를 모두 맛보았던 터라 코스피족 언니의 현재 상태를 아주 잘 이해했고 언니가 최대한 편안하게 일을 하고 갈 수 있었으면 좋겠다고 생각했다.

"저, 이제 퇴근할게요~~~"

매일 출근도장을 찍고 집으로 돌아가면서 이렇게 한 마디 툭 던지고 가는 언니의 모습이 왜 그렇게 재미있고 이렇게 사는 것이 행복인 것 같다고 느껴지는 것인지. 참 시대가 많이 변했고, 나도 변했고, 사람들도 많이 변했다는 생각이 들었다.

여느 날과 다름없이 매장 정리를 열심히 하고 있는데 어김없이 코스피족 언니가 출근(?)을 했다. 매장을 정리하다 보니 출판사에서 경품으로 준 물건들이 눈에 띄었다. 마침 손에는 텀블러가 들려 있었고 코스피족 언니가 평소 텀블러를 애용하던 것이 머릿속을 스쳐지나가 질문을 건넸다.

"텀블러 필요하시면 이것 쓰실래요?"

"어?? 나 오늘 생일인지 어떻게 아시고…"

어머나, 마침 그날은 코스피족 언니의 생일이었다. 별것 아니라고 아니, 어쩌면 전혀 필요하지도 않은 물건일 수도 있었을 텐데 기대 이상으로 고마워해주는 언니의 모습을 보니 내가 다 행복해졌다.

"오늘이 생일이면… 사자자리시구나…"

나 역시도 사자자리 태생인지라 동질감을 느낌과 동시에 사자자리 성향의 장단점을 잘 알고 있기 때문에 동변상련의 마음으로 대화를 좀더 하고 싶었던 것 같다.

내가 경험해 온 사자자리는 일단 하고 싶은 일이 있으면 앞뒤 가리지 않고 행동하고, 때문에 새로운 일을 지속적으로 벌여나가기 때문에 자칫 엄청나게 스스로를 피곤하게 만들 수 있는, 결코 쉽지 않은 성향을 가졌다.

가끔은 피곤에 지쳐 그냥 쉽게, 편하게 살 수 있지 않냐고 자문하기도 하지만 이제 와서 생각해 보면 그러한 성향 덕분에 북바이북도 탄생하게 되었고, 지금 이렇게 글을 쓰고 있는 행복을 누리고 있는 것이 아닐까 생각한다. 결국은 자기가 하고 싶은 일을 하면서 사는 것이 더 큰 행복을 만들 수 있는 것이 아닌가 싶다. 세상의 모든 사자자리 화이팅!!

　코스피족 언니와 나는 같은 사자자리 별자리라는 공감대가 형성된 덕에 부쩍 친해졌다. 그 덕에 내 생일까지 알게 된 언니는 날짜를 잊지 않고 기억해 두었다가 화분 하나를 선물해 주었다. 화분에 담긴 의미는 모든 것에 정성을 쏟으라는 뜻. 화분의 꽃이나 나무 하나를 잘 기르면 그 집의 음식은 먹어보지 않아도 맛있다는 말이 있을 정도로 식물은 항상 관심을 가져주고 환경에 잘 적응할 수 있도록 정성을 쏟아야 한다. 내가 가장 못하는 일 중 하나가 바로 꽃이나 나무를 잘 기르는 것이라는 것을 어찌 알고 화분을 선물해 주었는지. 다행히 식물 살피는 것을 좋아하는 엄마의 도움을 받아 아직까지는 잘 기르고 있긴 하지만 매일 책방으로 출근하다시피 하는 언니가 선물로 준 화분이기 때문에 더욱 신경이 쓰이는 건 사실이다.

　얼마 전에는 또 이런 일이 있었다. 북바이북 가구 파트너인 마누파쿰에서 새롭게 소파를 만들었다며 보내주겠다고 갑자기 연락이 왔다. 먼저 사진으로 확인해보니 블랙앤화이트 색감에 푹신해 보이는 것이 북바이북과 잘 어울리겠다는 생각이 들어 현재 있는 의자 대신 소파로 교체하기로 결정을

우연히 키다리 아저씨와 코스피족 언니가 동시에 북바이북에 방문했다. 그 누구보다 전문적으로, 그 누구보다 자유롭게 일하는 두 사람을 보며 항상 많은 것을 배운다.

내렸다. 그런데 막상 소파가 도착해서 사이즈 등을 확인해보니 북바이북에 놓을 자리가 마땅치 않았다. 1호점과 2호점 두 곳 모두를 염두에 두고 아무리 구조를 뜯어서 살펴보아도 도무지 소파를 둘만한 공간이 나오지 않았다. 박 대표의 마음은 감사했지만 도저히 해결점이 보이지 않아 우리는 다시 소파를 반품시키기로 하고 가지고 가기 전까지 매장 밖에 잠시 쌓아두었다. 그런데 엄청난(?) 사건은 그때부터 시작되었다. 그날도 어김없이 북바이북으로 출근한 코스피족 언니가 밖에 쌓여 있던 소파를 잠시 보는 듯 하더니 갑자기 자리에서 벌떡 일어나서 말했다.

"저 소파요, 이런 형태로 놓을 수 있지 않아요?"

"아, 저거 놓을 곳이 없어서 다시 가져가려고 임시로 쌓아둔 거예요."

처음에 나는 언니의 말을 듣는 둥 마는 둥 했다. 어차피 조금 있으면 가져갈 것이고 도무지 해결이 나지 않는 구조에 더 이상 아이디어가 나올 것 같지는 않았기 때문이다. 그런데 언니는 포기하지 않고 직접 소파를 배치한 구조를 그림까지 그려서 보여주며 조금 더 구체적인 설명을 하기 시작했다. 그런데 언니가 그린 구조를 가만히 보고 있자니 왠지 괜찮을 것

책과 사람을 잇다

같았다. 현재 있는 테이블 높이와 소파 높이만 잘 맞으면 사용할 수 있겠다는 생각과 동시에 마음에 급해지면서 임시로 테이블 앞에 소파를 던지다시피 놓아 보았다. 그런데 이게 웬일인가. 테이블 높이와도 너무나 잘 맞는 소파였다. 내친 김에 코스피족 언니와 나는 의자를 천하장사처럼 들쳐메고 제대로 매장 구조를 잡아 보았다. 결론은… 베리 굿!

소파는 처치 곤란한 애물단지에서 졸지에 편안한 착석감과 아늑한 분위기를 만들어 주는 효자 아이템이 되었다. 한번 앉으면 도저히 일어날 수 없을 정도로 편안한 의자. 그래서 우린 지금도 이 소파를 '마약소파'라고 부른다.

지금은 2호점에 이어 1호점 의자도 역시 이 마약 소파로 바꾸었다. 한번 앉으면 엉덩이가 호강하는 느낌을 떨칠 수 없어 1호점도 바꾸기로 결정하였다. 1호점은 워낙 공간이 좁기 때문에 원래 아늑한 느낌이 강했지만 소파를 배치하고 나니 더욱 아늑하게 책을 볼 수 있는 사랑스러운 책방이 되었다. 그렇게 코스피족 언니 덕에 북바이북은 또 한번 새롭게 거듭날 수 있었다. 다시 한번 단골 손님의 중요성을 크게 느꼈던 잊을 수 없는 사건이다.

책들을 더욱 빛나게,
삐뚜름한 책장 마누파쿰

만약에 마누파쿰이라는 가구 브랜드를 발견하지 못했다면 지금의 북바이북 브랜드를 만들 수 있었을까. 저 책장 없이 과연? 가만히 카운터에 앉아 책방 안을 천천히 둘러보다 보면 갑자기 이런 생각이 들어 아찔해질 때가 있다.

북바이북 공간을 만들어 가던 첫 시작에 있어서 가장 중요하게 생각한 부분이 있다면 바로 책장이다. 책방이니 어떤 책장으로 공간을 구성하느냐에 따라 그 곳에 놓인 책도 다르게 보일 것이라고 생각했기 때문이다. 그래서 책을 돋보이게 할 수 있는 책장을 찾는 일이 가장 중요했다. 대형 책방에서 사용하는 책장은 북바이북 같은 작은 책방의 분위기와 맞지 않을 것 같았고, 공간에 맞춰서 책장을 제작하려고 보니 공간이 달라질 때마다 책장을 새롭게 구성해야 하는 것도 꽤나 번거

로운 일이 될 거라는 생각이 들었다. 우선 책장도 북바이북만의 상징이 될 수 있으면 좋겠다고, 튀지 않으면서 책장 그 자체만으로도 분위기가 살아있어 애써 인테리어에 힘을 주지 않아도 되는(적어 놓고 보니 참으로 까다로운 조건이었다), 동네 책방의 아늑하고 독특한 분위기를 만들 수 있는 그러한 책장이었으면 좋겠다고 생각했다.

다행히 한창 개인 디자이너 가구 브랜드가 우후죽순으로 생기고 있는 시기이기도 해서 디자인이 세련된 새로운 느낌의 가구를 많이 만날 수 있었다. 하지만 시장 조사를 하면 할수록 눈높이는 왜 그렇게 높아지는지. 높아지는 눈높이에 비례해 가구 가격은 왜 그렇게 천정부지로 비싸지는지. 마음에 드는 가구는 백이면 백 우리가 예상한 예산 안에서 해결할 수 없다는 것에 좌절하고 있을 때쯤 마누파쿰에서 운영하고 있는 블로그를 발견하게 되었다.

블로그에는 별다른 설명 없이 동영상 한 개가 업데이트 되어 있었는데, 플레이 버튼을 누르자 여러 명의 사람들이 책장처럼 보이는 가구를 한 개씩 들고 왔다 갔다 하며 여러 가지 다양한 형태로 가구 배치를 바꾸는 동영상이었다.

'바로, 이거다!!!!'

다른 사람들에게는 우습게 들릴 수도 있지만 그 동영상을 보는 순간 운명의 소용돌이로 빠져드는 듯한 느낌이 들었다. 무언가 일을 재미있게 하는 사람들이 틀림없다는 기대감과 함께 규모가 작은 책방에서 배치를 바꿔가며 공간을 꾸밀 수 있는 효율적인 가구라는 생각이 들면서 빠르게 마누파쿰의 매력에 매료되지 않을 수 없었다. 가구를 만든 사람들은 어떤 사람들일지, 과연 북바이북의 제안을 받아들여 줄 것인지에 대한 걱정과 함께 설렘이 뒤섞인 마음으로 정중하게 제안 메일을 보냈다.

'안녕하세요. 저희는 상암동에서 작은 책방을 준비하고 있는 사람들입니다. 블라블라… 우연히 마누파쿰 가구를 알게 되어 한번 만나 뵙고 협의를 드리면 좋을 것 같아 이렇게 불쑥 메일을 드립니다. 블라블라… 그럼 확인 후 연락을 부탁 드리겠습니다.'

그리고 얼마 지나지 않아 날아온 회신 내용에는 놀랍게도 한번 해보고 싶은 작업이었고, 만나서 자세히 이야기해 보고 싶다는 긍정적인 의견이 담겨있었다. 이렇게 멋진 가구를 만드는 사람들이 과연 작은 책방의 일을 맡아서 해줄 수 있을지 걱정을 많이 하고 있었던 터라 메일을 받는 순간 안도의 한숨을 내줄 수밖에 없었다. 어쩌면 거절당했을 때의 실망감을 최소화하기 위해 나도 모르게 최악의 상황을 가정해 놓고 있었는지도 모르겠다. 그만큼 마누파쿰은 북바이북과 꼭 함께 하고 싶은 가구브랜드다. 분명 보이는 가구만큼이나 브랜드를 이끌어 가는 사람들도 멋진 사람들이란 기대감을 품고 첫 미팅 일정을 잡았다.

마누파쿰과의 첫 만남의 시점은 부동산이 확정되기도 전이었다. 북바이북이라는 공간을 두 개나 꾸며 놓고 보니 오프라인에서 사업을 시작하는 데 있어서 가장 중요한 것은 부동산 즉, 공간이라는 사실을 알게 되었다. 물론 부동산이 확정되기 전에도 기본적인 공간의 콘셉트는 잡아두지만 최종적으로 부동산이 확정되어야 규모, 구조, 위치적 특징 등에 따라 전체적인 느낌을 아우르면서 구체적인 공간 콘셉트를 실행해 나갈 수 있기 때문이다. 하지만 반대로 부동산이 확정되기 전에는 내가 원하는 모든 공간의 느낌을 돈, 공간, 시간 등에 제약없이 마음껏 상상의 나래를 펼칠 수 있다는 장점이 있다. 때문에 부동산이 확정되기 전 마누파쿰과의 미팅은 매우 신 나는 시간이었다.

지금 생각하면 마누파쿰 대표가 '잘 알지도 못하면서 말은

되게 많은 사람들이라고 생각하지 않았을까 라고 생각했을
수도 있겠다 싶을 정도로 우리가 원하는 바에 대한 요구사항
이 참 많았었던 것 같다. 당연히 처음 시작하는 사업이고 그
만큼 잘 하고 싶은 마음이 컸기 때문에 의욕만큼은 어느 누구
한테도 뒤지지 않은 터였다. 어떻게 생각하면 귀찮게 느껴질
정도로 말이 많고, 요구사항이 많은 파트너였을 텐데도 불구
하고 박 대표는 그런 것들에 아랑곳하지 않고 우리가 원하는
바에 대한 모든 상상의 그림을 수용해주었다. 오히려 풀기 어
려운 문제를 전문가의 입장에서 콕콕 짚어 다른 시선으로 해
결해 주기도 했다. 언니와 나는 평소 지인들 사이에서 긍정적
인 성향을 가진 사람으로 유명한데 박 대표는 우리보다 더욱
긍정적인 성격의 소유자였다. 우리보다 더 긍적적인 사람이
있었다니. 모든 일을 혼자서 할 수 없듯 사람과 사람이 함께
일을 하는 데 좋은 사람을 만나는 것만큼 복 받은 일이 또 있
을까? 그런 점에서 북바이북을 만들면서 만났던 많은 사람들
가운데 한 사람이라도 감사하지 않은 사람이 없을 정도로 모
든 이들이 고맙다. 나는 복에 겨운 사람이다.

마누파쿰 대표를 대장으로 하여 많은 파트너들에게 이 책
을 빌어 다시 한 번 감사의 말을 전한다.

삐두름한 책장은 처음부터 지금까지 북바이북의 상징이 되었다. 책을 더욱 돋보이게 해주고 공간을 더욱 멋스럽게 해주는 책장 덕에 북바이북이 더욱 빠르게 많은 사람들에게 각인이 될 수 있었다. 얼마전 마누파쿰의 푹신한 의자가 들어와 북바이북이 훨씬 아늑해졌다. 북바이북에서 마누파쿰 가구를 구매하면 10% 할인받을 수 있다.

"4년 후면 같이 건물 하나 짓고 있지 않을까요?"

박 대표가 어느 날 툭 던진 말이 아직도 머릿속에 콱 박혀 있다. 농담처럼 한 말이긴 하겠지만 무서우면서도 신기한 것은 북바이북을 하면서 우스갯소리로 했던 대화들이 하나, 둘씩 실제로 실현되고 있다는 것이다. 마누파쿰과 북바이북. 4년 후면 따로 혹은 같이 어떤 모습을 하고 있을지 나 역시 궁금하지 않을 수 없다. 한 건물에 아담한 동네책방과 가구 쇼룸이 나란히 같이 있는 모습. 생각만해도 가슴벅찬 일이 아닐 수 없으므로.

'팥티쉐'에 빵 터진 사연,
배러댄초코렛

책을 읽으면서 먹기 좋은 음식은 뭘까, 디저트는 어떤 게 좋
을까. 북바이북 1호점과 2호점을 준비하면서 줄곧 고민을 거
듭했던 내용이다. 물론 책방 공간이 많은 역할을 하기 때문에
음식에 대한 중요성은 덜 하긴 했지만 카페에서 흔히 볼 수
있는 디저트인 조각케이크나 쿠키 등으로는 세팅을 하고 싶
지 않다는 생각이 강했다. 반드시 책 읽으면서 간단하게 먹을
수 있는 색다른 디저트가 있을 것이라는 확신을 가지고 고민
의 끈을 놓지 않았다.

'과자전'은 핸드메이드로 디저트를 만드는 개인들을 위한
바자회 같은 행사다. 우연히 과자전이라는 행사 정보를 보고
재미있겠다는 생각이 들었다. 한참 고민 중인 디저트를 해결
할 수 있지 않을까 싶기도 했다. 언니와 함께 구경을 가보기

로 했다. 과자전은 이틀로 나뉘어서 진행되었는데 다들 어디서 소문을 듣고 왔는지 오픈하기 전부터 어마어마하게 많은 사람들이 줄 서 있었다. 행사를 진행하는 스태프들 역시 이렇게 많은 사람들이 참여할 줄은 예상하지 못했는지 행사 진행 내내 정신 없어 보였다. 게다가 앞쪽에 줄을 선 사람들은 진열되어 있는 모든 아이템들을 구경한 후에 다양한 디저트를 구매할 수 있었지만 나처럼 뒤쪽에 서 있어서 늦게 들어가는 사람들은 앞쪽 사람들이 구매하고 남은 아이템들만 구경해야 하는 상황이었다. 뒤쪽에 들어오는 사람들은 불평 불만이 많았고, 공간은 좁고 사람은 많아 거의 난전처럼 진행되고 있어 정신이 하나도 없었다. 사람에 치여 이리저리 떠돌아다니며 그나마 남아있던 아이템들을 구경하고 있을 때쯤 명함 하나가 눈에 확 들어왔다.

'배러댄초코렛, 팥티쉐 김영신'

명함 속에는 이렇게 적혀 있었고 명함의 주인공은 자리에 없는 것 같았다. 아니, '팥티쉐'라니!!! 그것은 핸드메이드 양갱을 만들고 있는 사람의 명함이었는데 보는 순간 '팥티쉐'라는 발랄한 표현에 매료되지 않을 수 없었다. 게다가 평소 양갱을 즐겨 먹는 나로서는 더더욱 반가웠다. 대체 어떤 사람일

팥티쉐님은 다행히 북바이북과 가까운 곳에 살고 있어서 날씨가 조금 따뜻한 날이면 이렇게 귀여운 바이크를 타고 직접 양갱을 배달해 준다. 타고 온 바이크가 너무 귀여워서 '메뚜기 바이크'라고 부르기도 한다.

까? 빨리 만나고 싶은 마음에 집에 오자마자 명함에 있는 연락처로 전화해 미팅 날짜를 잡았다.

그렇게 해서 팥티쉐님과 처음 만나는 날!!! 설렘 반 기대 반으로 약속 장소로 들어섰다. 팥티쉐님은 생각보다 어린 여성이었는데, 마주보며 얘기하는 눈동자에서 총기가 느껴졌다. 원래는 그래픽디자인을 하는 사람이다. 본인이 양갱을 좋아해서 만들다가 주변 지인들에게 나눠주었는데 다들 맛있다고 하여 본격적으로 사업을 시작했다는 것이다. 혼자서 모든 일을 해야 하는 1인 기업이기 때문에 아직 종류가 많지도 않고 체계도 덜 잡혀 있었지만 그럼에도 불구하고 북바이북은 팥티쉐님이 만든 배러댄초코렛과 꼭 거래를 하고 싶었다. '초코렛보다 양갱, 배러댄초코렛'. 센스, 맛, 디자인까지 모든 게 생생하게 살아있는 듯한 팥티쉐님의 팥양갱에 더욱 매료되었고 결국 미팅하는 그날로 거래를 확정했다. 먼 훗날 서로 함께 성장해 있기를 마음 속으로 기원하며. 그렇게 배러댄초코렛과 북바이북의 인연은 시작되었고 벌써 그 인연의 시간도 1년이 넘어가고 있다.

초코렛과 모양이 거의 흡사한 양갱 '팥양갱 초코렛'은 책방 손님들에게 폭발적인 반응을 얻었다. 사람들은 가장 먼저 초

발렌타인데이, 화이트데이, 크리스마스, 설날 등 매 시즌마다 톡톡 튀는 아이디어 상품으로 매번 깜짝깜짝 놀라게 하는 배러댄초코렛 팥티쉐님의 앙증맞은 양갱 컬렉션. 북바이북과 운명적인 파트너라고 늘 말하고 있는 것처럼 그야말로 필Feel이 잘 통하는 파트너십을 여전히 유지하고 있다.

콜릿과 너무나도 흡사한 모양에 신기해하고 그 다음 '배러댄 초코렛'이라는 이름의 의미에 감동하는 듯했으며, 그리고 마지막으로 정성스럽게 만든 달지 않은 핸드메이드 양갱이라는 사실까지 알았을 때 더욱 환호하였다.

평소 양갱을 즐겨먹지 않는 사람들도 너무 달지 않고 맛있다며 좋아했고, 부모님이나 직장상사 등 어르신들 선물을 위해 양갱만 구매하러 북바이북에 찾아오는 손님도 있었다. 내가 배러댄초코렛을 보고 느낀 매력을 북바이북 고객들도 함께 느끼는 것 같아 뿌듯했다.

빼빼로 데이에는 '배러댄빼빼로 양갱', 크리스마스에는 '크리스마스 트리 양갱', 화이트데이에는 '배러댄캔디 양갱' 등 매번 기념일마다 톡톡 튀는 아이디어로 행복을 선사했고, 설날, 발렌타인데이 등 기념일이 다가올 때면 또 어떤 발칙한 아이디어로 삶의 활력을 줄지 나부터 기대를 하지 않을 수 없었다. 시간이 지날수록 이미 북바이북 고객들 중 팥티쉐님의 팬이 된 분들이 꽤 많아졌고 기념일 전에 먼저 어떤 양갱이 들어오는지 물어보는 사람들도 생겼다. 매력적인 브랜드란 바로 이런 것이 아닐까? 존재만으로도 걷잡을 수 없이 수많은 팬들이 만들어질 수 있는 것. 매력적인 팥티쉐님이 북바이북과 오래 함께하면 좋겠다고 생각했다.

제 2회 과자전 구경을 갔을 때는 또 다른 신제품 통밤양갱의 매력에 빠져버리고 말았다. 통밤이 듬뿍 들어 있어 식감이 좋았고 캠핑장이나 스키장 등 야외에 갈 때 배낭 속에 쏙 넣어갈 수 있도록 밀폐포장까지 완벽하게 되어있어 실용적이었다. 어떻게 양갱 하나만을 가지고 이런 아이디어를 생각해낼 수 있는지 겪으면 겪을수록 놀라지 않을 수 없다.

그렇게 배러댄초코렛과 1년이라는 시간을 보내고 있는 지금 여전히 팥티쉐님은 메뚜기 바이크와 함께 손수 만든 양갱을 북바이북에 직접 배달해 주고 있다. 다른 사람들이 가지 않은 길을 어떻게 해서든지 가보고자 노력하고 있는 배러댄초코렛. 그런 점에서 북바이북과도 너무나 닮아 있는 것 같은 느낌을 받는다. 어떻게 해서든지 끝까지 지치지 않고 지금처럼 재미있게!! 파이팅했으면 하는 바람이다.

술 먹는 책방
북바이북 만들기
네 번째 이야기

1° 몇 날 며칠
콜센터
직원처럼

북바이북 매장 한 켠 작은 칠판에는 북바이북에 많은 도움을 준 파트너들의 이름이 적혀 있다. 북바이북이 탄생할 수 있도록 도와준 모든 파트너들에게 이렇게라도 감사의 표시를 하지 않으면 안될 것 같은 마음에 만들었다. 그런데 한편으로 생각해 보면 가장 감사해야 할 사람들은 바로 북바이북에 책을 공급해주고 있는 출판사 사람들이 아닐까 싶다. 이제와 생각해보면 듣지도 보지도 못한 작은 동네책방을 믿고 책 거래를 성사시켜 준 많은 출판사 사람들에게 정말 감사하다는 생각이 든다. 정말 진심으로 고마움을 전한다.

　출판사 거래의 시작은 어디서부터 어떻게 시작해야 할지 도무지 알 수 없었다. 우선 친분이 있는 출판사부터 문을 두드려 보자는 마음으로 시작했다. 출판사 거래가 어떤 방식으로 이루어지고 있는지, 책 시장에 대한 이해가 거의 없는 상황이었으므로 어쩔 수 없이 맨 땅에 헤딩해야겠다는 심정으로 덤벼들었다. 출판사 나무수와 페이퍼북. 그렇게 저자와 출판사로서의 인연이 있는 2개의 출판사 담당자와 미팅을 마치고 나니 아주 조금은 출판 거래의 전반적인 상황에 대한 그림을 그려볼 수 있었다.

본격적으로 출판사와 거래하기에 앞서 했던 중요한 작업 중 하나는 북바이북 혹은 상암동 고객들에게 잘 맞는 책을 발간하고 있는 출판사를 선정하는 일이었다. 오히려 우리가 선정한 출판사가 과연 우리와 거래를 할 것이냐에 대한 문제는 나중에 풀어야 할 숙제. 우선 우리가 북바이북에 진열되어 있으면 좋겠다고 생각한 책들을 입고하는 것이 중요했다. 언니와 나는 평소 관심사가 확연히 다른 덕분에 다양한 종류의 책을 선정할 수 있었는데, 난 주로 여행, 요리, 잡지, 창업서적 등 라이프스타일 전반에 관한 책들에 관심이 많았고 언니는 진화, 역사, 경영서 등 인문 서적들을 좋아했다. 하지만 우리가 좋아한다고 모든 책을 가져다 놓을 수는 없었기 때문에 둘이 선정한 책 중에서 상암동에 근무하는 혹은 거주하는 사람들이 좋아할만한 책을 또다시 선정하여 출판사 콘택트 우선

순위를 정했다. 매일같이 대형 책방에 출근하여 책들을 살펴보고, 온라인 서점에 접속해 카테고리별로 책들을 훑어보았다. 평소 가장 관심 있고 그래서 콘텐츠에 대해 자신 있는 분야의 카테고리를 집중적으로 보기로 했다. 뿐만 아니라 규모가 큰 온라인 독서클럽 등에 가입해서 현재 사람들이 어떤 책을 읽고, 또 어떤 책들을 많이 추천하는지도 참고했다. 신간과 구간 상관없이 책 내용을 꼼꼼하게 살펴보고 괜찮다고 판단되면 책 제목을 리스트업 해 두었고, 책 내용 외에도 책 표지를 비롯한 전반적인 북 디자인 형태, 저자 이력, 제작 부수, 책 리뷰 등 우리가 나름대로 책을 선정하는데 기본적으로 필요한 가이드 라인 항목을 정한 후 하나, 둘씩 카테고리별 책들을 조금씩 추려갔다. 그렇게 하고 나니 거래를 해야 할 출판사 리스트가 얼추 정리되었다. 그렇게 정리된 출판사 수만약 1백여 군데. 그때부터 난 마치 내가 콜센터 직원이 된 것처럼 집 근처에 있는 카페 한 구석에 자리잡고 앉아 출판사 마케팅 담당자들에게 전화를 돌리기 시작했다.

"안녕하세요. 저는 상암동에서 북바이북이라는 작은 동네 책방을 운영할 예정인 김진양이라고 하는데요, 블라블라… ○○출판사 책을 살펴보았는데 꼭 입고시키고 싶어서 연락을 드렸습니다… 혹시 거래가 가능할까요?"

같은 말만 얼마나 반복했을까. 출판사에 전화해서 담당자 연락처를 전달받고, 담당자 직통번호를 알아내 추후에 다시 전화하는 작업까지. 출판사 마케팅 담당자 콘택트 포인트만 알아내는 데도 꽤 오랜 시간이 걸렸다.

담당자들 중에는 상암동이 현재 어떻게 변화하고 있는지 잘 알고 있어서 상암동에 오픈하게 될 동네책방의 매력을 금세 알아채고 흔쾌히 거래를 승낙해주는 사람들도 있는 반면, 요즘 작은 책방들이 조금씩 생기면서 이런 전화를 많이 받는데 거래 규모가 너무 적기 때문에 거래하기는 어렵겠다고 단칼에 거절하는 사람들도 있었다. 그렇게 거절을 당할 땐 나 역시도 사람인지라 크게 낙담을 하곤 했지만 입장을 바꿔서 생각해보면 출판사 입장에서는 그럴 수밖에 없겠다는 생각이 들기도 한다. 특히나 책방을 오픈하기 전에 출판사 거래를 완료해야 했던 터라 우리에겐 그들에게 어필할 수 있는 아무런 실체가 없는 상황이었다. 그런 상황에서 거래를 성사시키기에는 출판사로서도 부담스러운 일이었을 것이다. 게다가 책방의 규모 역시 7평 남짓의 아주 작은 공간이라고 말했으니 어떤 마케팅 담당자들이 언제 망할지 모르는 이 작은 책방과의 거래를 흔쾌히 승낙할 수 있었겠는가. 그렇게 몇 날 며칠 카페에서 콜 센터 직원 같은 작업은 계속되었다.

북바이북 같은 작은 책방을 하고 싶다며 조언을 듣기 위해 찾아오는 사람들이 종종 있다. 그런 사람들이 자주 질문하는 것이 있는데 바로 "이 많은 책들 거래는 처음에 어떻게 시작하셨어요?"다. 그러면 난 "저 완전 콜센터 직원이었잖아요."라고 서슴없이 대답한다. 그렇게 얘기해야 이 책들을 입고하기까지의 과정이 결코 쉽지 않은 어려운 과정이었다는 것을 상대방이 절감할 수 있을 것 같았다.

'책방'이란 공간은 영화나 드라마에서 꽤 낭만적으로 그려지고 실제로도 우아하고 서정적인 공간으로 느껴지기 때문에 겉으로 보이는 낭만적인 느낌만 보고 책방을 하고 싶어 하는 사람들이 많은 것 같다. 나 역시도 그랬으니까. 하지만 막상 책방을 해보니 '책'이라는 것이 얼마나 손이 많이 가고 많은 노동력을 필요로 하는 아이템인지 새삼 깨달을 수 있었다. 특히 책이란 것은, 알면 알수록 너무 무겁다는 사실에 정말 체력적으로도 힘에 부칠 때가 한두 번이 아니었다.

북바이북 오픈을 앞두고 연락한 1백여 개 출판사 중 약 20여 군데 정도만 거래가 성사되었던 것으로 기억한다. 책장에 책을 모두 꽂았는데도 몇몇 책장은 책이 채워지지 않아 텅 비어 있었고, 책으로 책장을 간신히 가리고 있다는 표현이 맞을 정도로 초기 북바이북의 시작은 허전하고 초라했다. 지금도 오픈 당시에 찍은 북바이북 책장 사진을 보면 저렇게 작은 종수의 책으로 어떻게 책방을 시작할 생각을 했는지 스스로도 용기가 가상하다고 생각하고 있다.

그런데 다행히도 북바이북 오픈 이후 조금씩 입소문이 나기 시작하면서 거래를 하고 싶다는 출판사들이 먼저 연락해 오기 시작했고 거래가 성사된 출판사에서 조금씩 소개에 소개를 해 주어서 생각보다 빠르게 책장을 채워나갈 수 있었다. 심지어 자주 오는 단골 중에도 지인이 출판사를 하고 있는데 거래를 하면 좋을 것 같다며 소개해 주는 사람들도 있었다. 그렇게 많은 사람들의 도움을 받은 덕에 지금은 직거래하고 있는 출판사 수만 약 60여 군데 정도. 1년 동안 열심히 달려온 덕분에 현재는 꽤 많은 출판사의 도움을 받으며 운영할 수 있게 되었다. 거래하는 출판사 수가 증가한 만큼 정산하는 날이 다가오면 꼼짝없이 하루 종일 정산에 매달려야 할 정도로 할 일이 많아지긴 했지만 책장이 텅 비어 있던 오픈 초기를 생각하면 참 행복한 고민이란 생각이 든다.

"나 하루 종일 카페에서 콜센터했잖아."

지금은 누구를 만나든 웃으면서 툭 내뱉으며 할 수 있는 말이지만 그때의 절실했던 마음과 전화 한 통 한 통 누를 때마다 마음 졸이던 느낌은 여전히 생생하게 남아있다. 혹시 나중에 힘이 들고 책방을 시작한 것이 극도로 후회가 될 때(과연 그런 날이 올까 싶지만) 그 때의 느낌을 떠올리면 다시 초심으로 돌아가 마음을 다잡을 수 있지 않을까 싶다. 다시 생각해 보아도 평생 내 인생에 고이고이 잘 간직해 두어야 할, 나에게는 참 소중한 경험과 느낌들이다.

초창기에는 책장에 꽂힌 책이 너무 적어 책으로 책장을 간신히 가리고 있다고 하는 것이 맞을 정도였다. 언제 망할지도 모르는 작은 책방을 믿고 거래를 해준 출판사 담당자들에게 다시 한번 감사의 마음을 전한다.

만화 기념 엽서 세트 (비매품)   3권 31쪽에서 ·

술 먹는 책방
북바이북 만들기
네 번째 이야기

2° '언니'라 불리는
내 인생의
동반자

BOOK
BY
BOOK

직 최선을

다 하지 않았을뿐

 나이 마흔, 스스로 잉여르른 삶 선택. 골목겐라 끄라거 사이. ^^

집에서 부모님의 관심을 차지하는 사람은 오로지 '나'밖에 없
다는 절대지존의 존재감으로 4년이란 시간을 보내다가 어느
날 문득, '동생'이라는 존재가 태어나 돌연 '맏이'라는 타이틀
을 달게 되었을 때 그 아이의 느낌은 어땠을까. 어느 날 처음
언니라고 불리게 된 느낌은 과연 어땠을까?

　나는 태어나면서부터 '동생' 또는 '막내'라는 이름으로 자
라왔고 앞으로도 그럴 것이기 때문에 '맏딸' 혹은 '언니'의 느
낌을 잘 모른다. 앞으로도 죽을 때까지 그 마음은 알 수 없을
것이다. 그런데 신기하게도 언니와 나를 바라보는 사람들이
줄곧 이야기하기를 '언니는 언니 같고', '동생은 동생 같다'고
한다. 그것이 비단 겉으로 '언니는 나이가 많아 보이고', '동
생은 어려보인다'는 뜻은 아닐 것이다. 내가 옆에서 지켜봐

도 언니는 자연스럽게 언니다움이 느껴지는 사람이다. 한 가정의 맏이로서 엄청난 책임감을 갖고 있기도 하고, 언니 혹은 인생 선배로서의 듬직함도 있다. 하지만 내가 가장 좋아하는 언니의 모습은 바로 나이나 위치에서 올 수 있을 권위적인 모습이 전혀 없다는 것. 아니 언니는 권위적이지 않다 못해 오히려 철이 없어 보일 때가 더 많다.

나도 이제 삼십 대 중반에 접어들고 보니 요즘 들어 점점 어른이 되어가는 듯한 느낌을 받는다. 특히 북바이북을 취재하고 싶다며 고등학생 혹은 대학생들의 취재 요청이 들어올 때 단칼에 거절하지 못하는 나의 모습을 바라보면서 나도 이제 정말 어른이 되어가는 것 같다는 생각을 한다. 예전 같으면 약간 번거롭고 귀찮아 사양할 수도 있었을 텐데 나도 모르게 학생들의 열정을 짓밟고 싶지 않은 어른의 마음이 작용하는 것이다.

어른이 되어가는 와중에도 습관이 관성처럼 따라붙어 새로운 모습으로 바꾸고 싶어도 쉽게 바뀌지 않는 답답함이 있다. 그래서 가끔 물리적인 충격을 일부러라도 받아 삶의 변화를 꾀하기 위해 몸부림치기도 한다. 하지만 언니는 어느 정도 삶의 방식이나 사고가 굳어질만한 나이가 되었음에도 불구하고 '고여있지 않은 흐르는 물' 같은 모습을 여전히 간직하고 있다. 아니 그런 모습을 간직하기 위해 부단히 노력하고 있는 것일지도 모르겠다. 여하튼, 나는 언니의 이런 모습이 참 좋다

최근에 언니는 십여 년 넘게 다니던 회사를 그만두고 북바이북 운영에 합류했다. 사람 나이 마흔 살 정도 되면 자기 일을 하고 싶은 욕구가 스멀스멀 생긴다고 하더니 언니도 이제는 '내 일'을 하고 싶었나 보다. 솔직히 2호점 오픈 후 2호점 체계를 잡는 데 온 정신을 몰두하느라 1호점이 어떻게 굴러가는지 제대로 신경을 쓰지 못했다. 그렇게 3개월이 흐르니 단골 손님들은 모두 2호점으로 옮겨오고, 1호점은 점점 생기를 잃어갔다. 가장 먼저 북바이북을 알린 곳인 만큼 애정이 듬뿍 담겨 있기에 1호점에 점점 손님들의 발길이 끊기는 것이 안타깝지 않을 수 없었다. 그러나 모든 일이 내 마음처럼 되지는 않는 법. 그렇게 1호점과 2호점을 오가며 혼자 낑낑대면서 젖먹던 힘까지 모두 소진될 때쯤 기가 막히게도 언니가 북바이북에 합류하기로 결정을 하였다.

10년 넘게 다니던 회사를 그만두는 심정은 어떨까. 시원함 반, 섭섭함 반이겠지만 그럴 여운을 느낄 새도 없이 언니

는 북바이북 1호점 되살리기에 돌입했다. 마음은 뒤숭숭하고 섭섭하고 복잡했겠지만 전혀 내색하지 않고 1호점 살리기에 몰입했다. 언니가 북바이북에 합류 후 가장 먼저 한 일은 블로그에 '미녀 알바 일지'를 작성하는 일이었다. 실제로는 언니와 내가 북바이북 공동 대표 격으로 일을 하고 있지만 대외적으로 언니는 '미녀 알바'라는 닉네임으로 독자들과 소통하고 있다. 굳이 그렇게까지 해야 되나 싶지만 언니가 그렇게 하고 싶다고 하고, 손님들도 재미있어 하는 것 같아 지금까지도 '미녀 알바 일지'를 지속적으로 운영하고 있다. 손님들이 보기에 자매가 운영하는 책방에 동생이 사장이고 언니가 '알바'로 일하고 있다는 구조가 꽤 재미있는지 지금은 '미녀 알바 일지'를 좋아하는 팬까지 생겨 버렸다. 그렇게 자연스럽게 1호점을 방문하는 사람들은 다시 많아졌고 언니가 합류한 지 약 2개월이 지난 지금 처음 북바이북을 오픈했을 때처럼 1호점은 다시 생기를 되찾게 되었다.

무엇인가를 매일 꾸준히 하는 일이란 게 여간 힘든 일이 아닌데 언니는 지금까지 하루도 빼놓지 않고 '미녀 알바 일지'를 블로그에 작성하고 있다. 아마도 '미녀 알바 일지'를 기다리는 팬이 있다는 것을 알고 있기 때문에 은근 팬 관리를

언니가 회사를 그만두고 1호점을 맡아 운영하게 되면서 1호점은
다시 생기를 되찾았다. 역시 자기가 하고 싶은 일, 즐겁게 할 수
있는 일을 하면 복은 자연스럽게 따라오는 듯하다.

1호점 언니의 책방.

하고 있는 것인지도 모르겠지만.

　언니가 1호점인 소설전문점을 담당하게 되면서 가장 중점적으로 해결해야 할 부분이 있었다면 바로 '소설전문점'이라는 이름에 걸맞게 책방 느낌을 만들어 가는 것이었다. 하지만 '소설전문점'이라는 책방으로 참고할 수 있는 책방의 모델이 있는 것도 아니고 우리도 처음 해보는 시도라 어떤 것이 '소설스러운 것'인지 감이 잘 잡히지 않았다. 하지만 언니는 아랑곳하지 않고 다짜고짜 사방에 그림을 그리기 시작했다. 책표지, 삽화 그림, 주인공 캐릭터 등 전문가가 그린 그림은 아니지만 미녀 알바가 직접 그린 그림으로 꾸며 놓고 보니 소설전문점이 훨씬 생기있고 뭔가 스토리가 있는 책방처럼 느껴졌다. 영화나 드라마 속 촬영 세트장 같은 느낌이랄까. 현실과는 동떨어져 있는 이상 속의 공간 같은 느낌이 언니가 직접 그려 놓은 몇몇의 그림 덕분에 더욱 살아났다.

　십여 년 만에 전혀 다른 일을 하고 있는 언니가 마치 다시 태어난 것마냥 꽤 행복해 보여서 다행이다. 그 동안 사회 생활을 하느라 곳곳에 숨겨 두었던 감성들을 마구잡이로 꺼내 북바이북에 쏟아붓고 있는 것 같다. 그동안 한 가정의 맏이로서, 책임감 때문에 억눌러 놓은 것들이 얼마나 많았을까를 생각하니 더 이상 지체하지 않고 회사 밖으로 나온 언니에게 무한 박수를 쳐주고 싶다.

만약 나에게 언니라는 의지할 수 있는 존재가 없었다면 아마 북바이북도 세상에 태어나지 못하지 않았을까. 이렇게 친구이자 사업파트너이자 인생의 동반자 같은 언니의 존재가 나에겐 중요하고 참으로 의지가 된다. 마지막으로 함께 뜻을 같이해 행복할 수 있는 배우자를 만났으면 하는 바람을 가져본다.

다음은 언니가 북바이북 소설전문점을 운영하면서 하루도 빠짐없이 기록하고 있는 자칭 '미녀 알바 일지' 중 인기 있는 글들을 추려본 것이다. 뭐 그리도 매일매일 할 얘기가 많은지. 매일매일 새로운 드라마틱한 사건이 발생하는 경험을 하는 것이 동네책방을 운영하는 묘미이지 않을까.

미녀 알바 일지

2014. 9.22 첫 출근, 비밀기지를 만들기 시작.

북바이북 공식 첫 출근.

서투른 초보자의 "책방일지"도 시작.

사장님한테 잘 보여야지.

삽질 시작. 껑챠.

2014. 9.25 칠판쓰기 입문… 괴발이 탄생.

칠판쓰기에 입문하다.

많은 오프라인 매장들이 문 밖 손님들에게 어필하기 위해 수많은 칠판 글을 썼다 지웠다 한다. 칠판은 중요하고, 바람직한(?) 글씨체를 찾아야 한다. 전 매니쟈님은 드로잉 작가셔서 아트 칠판의 향연을 보여주셨지만… 나는… 괴발개발… 어쩐다… 처음은 다 그런 거지… 쥬르륵…

* 아래는 비교 컷… ㅜㅜ

『어슬렁의 여행드로잉』 작가이기도 하신 전 매니쟈님의 작품. (윽… 그런데 저 글씨는 우리 사장님 글씨 같은데… 에비에비…)

(* 괴발이 등장)

(* 멀리서 봐도 괴발이)

from 발전하는 모습 보여드릴게요. 동네책방 미녀 알바 드림.

2014. 10.1 골목 책방에서 만나는 생선 트럭.

요즘 같은 가을날씨엔 매장 출입문, 창문을 모두 활짝 열어놓는다.
선선한 바람, 스피커 볼륨 업 시켜놓고 리듬을 탈 때쯤…

"물오징어요, 신선한 물오징어요~"

하아… 압도적이다… ㅎㅎ;
상암동 유일하게 남은 골목길이라 확실히 동네느낌이 난다.
그런고로 큰 확성기를 장착한 야채 트럭, 생선 트럭들도 많이 다니시는 편.
점심시간마다 나타나는 트럭 확성기가 처음에는 너무 당혹스럽다가, 점차 하나가 되어
가는 것 같다. 여름에는 수박, 지금은 물오징어가 최절정인가 보다. 조금 지나면 또 뭐
가 나오려나.
직장인들이 점심시간에 나와 매장을 보고, 매장에서는 확성기 실은 트럭을 보고,
트럭에서는 거리의 사람을 본다.
각각의 그들의 시선이 사뭇 궁금해지는 오늘이다.
그러면서 오늘 집어든 책.
(* 다양한 직업을 소재로 한 거장들의 단편소설집 『직업의 광채』, 『판타스틱한 세상의 개 같은
나의 일』, 『블루칼라 화이트칼라 노칼라』, 시리즈 명이 더욱 마음에 드는)
(* 골목에는 사람, 트럭뿐 아니라 강아지 손님도… 아, 우리 책방 너무 인기있는 거 아니야…
ㅎㅎㅎ)
from 골목에서 두리번두리번 미녀라고 주장하고픈 알바.

2014. 10. 7 **몹쓸 시도.**

어제 개인적으로 좋아하는 요네스뵈 작가님의 책이 팔렸다!!!
아, 기분 좋아라~~그래서… 그렸다. 뭘?
책 표지를.
(참고로 그림이라곤 생전 그려본 적이 없음)

2014. 10. 7 **긴 책 제목이 주는 진땀.**

따르릉~~ 늘 긴장되는 순간.
– 전화 : 따르릉~~~~
– 미녀 알바 : 네~ 북바이북입니다하~
– 책 찾는 손님 : 저기 혹시 이런 책 있나요호?
– 미.알 : 네네. 제목이 뭔가요?
– 책손 : 말 한마디로 사회생활과 인간관계가 술술 풀리는 책 있나요?
(분명히 쉼표 없었음. T^T. 최선을 다해 이렇게 알아들음 T^T)
– 미.알 : …ㄴ… 네? 잠시만요~~~~~
DB 찾아본 후, 입고 안 되어있다 죄송하다. 전화를 끊고 상세검색 해보니…
정확한 제목은 『사회생활과 인간관계가 술술 풀리는 말 한 마디』이다.
우와 80%는 알아들었…ㅋㅋㅋㅋㅋㅋ
출판사 편집자님들~ 책 제목 좀 짧고 쉽게 지어주시면 감사하겠습니다. 후비적. ㅎㅎ
from 아니면 사장님 보청기 사주세요.
p.s) 또 다른 긴 제목의 인기 책… 하지만 손님이 오셔서 한번도 제대로 말씀하신 분을
못 봤다.
모두 "거기 그 고양이… 갈매기… 그 책 있어요?"
정확한 제목은 『갈매기에게 나는 법을 가르쳐준 고양이』다.

2014. 10. 29 셔틀 인생.

북바이북은 5m 정도 사이에 두고 본점과 소설점이 있다.
민요알바는(아잇참 자꾸 오타) 소설점에서 200%의 에너지를 쏟아내며 운영 중에 있는
데…
사장님 : 알바님, 여기 아이스컵이 떨어졌는데 거기 여유 있음 좀 가져다 주세요.
미녀 알바 : 네넵… (타박타박 가져다 드림)
사장님 : 저기 알바님, 얼음 가져가세요. 여기 넘쳐나네요.
미.알 : 저는 여유 좀 있지만… 네네… 통 가져갈게요~
사장 : 조명 다는데 좀 잡아주러 오세요.
미.알 : (손님한테 잡아달라면 되자나…) 눼에…
사장xx : 오늘 택배 올 게 하나 있는데요. 왔죠? 온 거 알아요. 가져다 주세요.
미.알 : (작작해라!!!!)
그러면서 택배물 안 가져다 주고 버티고 있는 중이다.
음힛힛힛힛힛힛.
from 요즘 사장님은 미녀 알바 일지를 안 보시는 걸 알고 있기에.

PART 4

책과
북바이북을
잇다

책방과 독자가 만나는 방법,
북바이북 칠판 메시지의 위력

요즘 잘 나가는 아이돌들을 보면 노래도 잘하고, 춤도 잘 추고, 연기도 잘하고, 외모와 몸매도 준수하고, 입담도 훌륭하고 유머감각까지 있다. 그야말로 어느 것 하나 빠지는 게 없는 완전체다. 타고난 재능도 있겠지만 완전체가 되기 위해 얼마나 피나는 노력을 했을까 생각하면 대단하다고 하지 않을 수 없다.

연장선에서 생각해보면 사업도 마찬가지인 것 같다. 막상 닥쳐서 해보니 완전체가 되지 않으면 안 되는 직업군 중 하나가 바로 사업이라는 것이다. 북바이북만 해도 매출관리에 마케팅, 메뉴 개발에 콘텐츠 파악 등 반드시 해야 하는 일이 한두 가지가 아니다. 심지어 책방은 서비스업종이므로 외모를 가꾸는 일도 게을리해서는 안 되는 것은 물론 사람을 대하는 기본적인 예의와 센스를 항상 장착하고 있어야 하므로 한시도 긴장을 풀고 있을 수 없다. 일을 하다 보면 문득 좁은 공간 안에서 원맨쇼를 하고 있다는 느낌이 들 정도로, 혼자서 해결해야만 하는 일이 너무나도 많다. 게다가 '잘' 해야 한다는 압박감을 떨쳐버릴 수 없으니 '완전체'로서의 사업가가 되기란 여간 어려운 일이 아니다. 심지어 칠판에 글씨를 쓰는 일조.차.도.

요즘 캘리그라피다 뭐다 해서 손글씨 자체가 하나의 훌륭한 디자인적 요소가 되는, 그래서 손글씨만 예뻐도 다른 디자인이 필요 없을 정도로 잘 쓴 손글씨에 대한 사람들의 관심이 높아졌다. 초중고등학교 때 회의 내용을 칠판에 적는 '서기' 역할을 해 본 것 외에는 칠판에 글씨라곤 단 한 번도 써본 적이 없는 내가 예쁘게, 칠판 글씨를 잘 써야 하는 상황을 만났을 때 얼마나 당황했겠는가.

오프라인 매장에 있어보니 매장 밖에 내다 놓은 칠판의 메시지 하나 하나가 손님의 눈길과 발걸음을 멎게 하는데 얼마나 중요한 역할을 하는지 잘 알고 있었기 때문에 눈에 띌 수 있도록 칠판 글씨를 잘 쓰는 일은 너무나 중요했다. 하지만 예쁜 칠판 글씨체는 도무지 자신이 없었다. 정렬도 삐뚤빼뚤,

한번 쓰고 마음에 안 들어서 지우고 또 쓰기를 몇 번이나 반복했다. 그렇게 우여곡절 끝에 탄생한 것이 바로 '북바이북 주간베스트 칠판'의 시작이다.

처음에는 동네 작은 책방이 선정한, 상암동 동네책방에서만 인기가 있는 서적 순위인 주간베스트에 관심을 갖는 사람들은 거의 없었다. 그런데 매주 주간베스트를 꾸준히 업데이트하고 업데이트한 칠판 글씨를 사진으로 찍어 북바이북 온라인 매체에 포스팅을 계속하니, 그 힘이 조금씩 발휘되는지 사람들의 반응이 달라지기 시작했다. 우선 주간베스트에 오른 책을 찾는 사람이 늘어났고, 온라인에서 주간베스트 칠판 사진을 확인하고는 일부러 찾아와 구매하는 사람들도 생겼다. 약간 귀찮고, 다른 바쁜 일이 있을 때는 주간베스트를 하루나, 이틀 정도 늦게 업데이트 한 적도 있었는데 점점 사람들의 관심이 많아지면서 업데이트 주기에도 바짝 신경을 쓰게 되었다. 그리고 또 하나 뿌듯했던 건 칠판 글씨체에 대해서 좋게 봐주는 분들이 조금씩 늘어났다는 것. 아마도 오랜만에 보는 칠판 글씨에서 아날로그 감수성을 느낀 것 같다.

주간베스트 칠판을 시작으로 북바이북의 모든 옥외 광고(?) 수단은 칠판이 되었다. 북바이북 제휴기업 공지, 커피 무료로 먹는 법, 다독왕 공지, 북바이북에서 구매한 책 북바이북에 다시 파는 법, 맥주 무료로 먹는 법, 북바이북 주요 행사 일정 등 알려야 할 주요 내용은 칠판을 통해 전하기 시작했다.

칠판을 지우고 다시 쓰는 횟수가 늘어날수록 신기하게도 칠판글씨쓰기 공포증을 가지고 있던 나에게도 자신감이 생겼고 칠판에 표현하는 방식도 조금씩 나아졌다. 평소에 그냥 지나치던 분들도 칠판 메시지가 바뀌면 꼭 멈춰 서서 읽고 간다는 느낌을 받았다. 칠판 메시지 하나하나에 반응하는 손님들을 마주할 때면 다음엔 더 잘 써야겠다고 마음을 다잡곤 한다.

상암동은 가장 규모가 큰 MBC 신사옥이 들어오면서 본격적으로 상암시대의 시작을 알리고 있다. 그 영향으로 상암동 골목길도 하루가 멀다 하고 한 집 건너 하나씩 인테리어 공사가 한창이다. 골목길 전쟁이 시작되었나 싶을 정도로 예전과는 확연하게 달라지고 있는 상암동 골목길의 느낌을 하루하루 실감하고 있는 중이다. 골목길의 환경 변화에 발맞춰 가장 빠르게 대응할 수 있는 것이 바로 북바이북 칠판 메시지다. 현란한 X보드 광고판이 난립하는 가운데 칠판 메시지가 생

매번 지웠다가 다시 쓰려면 귀찮을 때가 있지만 깔끔하게 새로 써놓고 나면 보람이 느껴지는
마약과 같은 일이 바로 이 칠판쓰기다. 칠판 글을 모아두고 보니 그 동안 참 많은 일들이 있
었구나 싶다.

뚱맞아 보이기도 하겠지만 오히려 아날로그 감성을 즐기며 정겨움을 느끼는 고객 덕에 오늘도 칠판을 깨끗하게 지우고 다시 정성스럽게 써본다.

북바이북 주간베스트
6월 1주 책

1위. 젊은 기획자에게
      묻다 New
2위. 어린왕자
3위. 내 작은 회사
      시작하기
4위. 못된 건축 New
5위. 도쿄의 서점
6위. 봄날을 지나는 너에게
7위. 반고흐의 정원
8위. 대통령의 글쓰기
9위. 마법의 순간 New
10위. 일의 기쁨과 슬픔
      (알랭드보통)

매주 새롭게 업데이트 하는 주간 베스트 칠판 덕분에 북바이북이 동네책방으로 많은 사람들에게 다가 갈 수 있었던 것 같다.

북바이북에서 커피를
무료로 마시는 6가지 방법

책방과 카페를 같은 공간에서 두려고 했던 가장 큰 이유는 책방이라는 곳에서 꼭 책을 읽지 않아도 되는, 책을 구매할 목적이 아니어도 쉽게 방문할 수 있는 장소가 되었으면 좋겠다는 생각 때문이었다. 그래서인지 북바이북을 처음 오픈했을 때는 책방인 것 같으면서도 카페이고 카페인 것 같으면서도 책방으로 보이는 우리 공간이 영 생소하게 느껴졌는지 문앞에서 머뭇거리다 결국 들어오지 않고 그냥 돌아가는 손님들이 꽤 있었다. 커피만 마시기 위해 들어가도 되는 곳인지, 책을 살 수는 있는 곳인지 알 수 없는 그 모호한 성격으로 탄생한 터라 오픈 초기에는 오는 손님들에게 '북바이북은 이런 곳'이라는 설명을 하느라 정신없는 하루를 보냈던 것 같다.

아무래도 상암동은 인근 방송국들을 비롯한 직장인들이

많이 상주하는 곳이라 평일에는 점심 시간대에 가장 많은 사람들로 북적인다. 나 역시 직장생활할 때를 돌이켜보면 점심 시간은 1시간으로 정해져 있었고 1시간 남짓한 시간 동안 밥 먹을 곳을 찾느라 10분, 밥을 먹는데 20분 정도, 그렇게 30분을 소요하고 나면 나머지 시간은 겨우 커피 한 잔 마시고 동료들과 몇 마디 나눌 수 있을 뿐이었다. 여유롭게 점심 시간을 보낸 기억은 손에 꼽을 정도. 그렇게 점심시간은 항상 빠듯했다. 상암동에서 근무하는 직장인들은 주로 전문직 종사자들이 많아서 그런지 나름 근무 시간이 자율적이라고들 하지만 그래도 직장인이라는 신분으로 한정된 점심 시간을 여유롭게 보내기란 쉬운 일이 아니다. 때문에 처음엔 바쁜 직장인들임에도 불구하고 북바이북이라는 공간이 좋아 책과는 무관하게 커피를 마시러 오는 것만으로도 감사할 따름이었다.

하지만 시간이 지날수록 북바이북은 책방이 본령이라는 것을 손님들에게 각인시키고 싶은 욕심이 났다. 그래서 고민을 거듭한 결과 탄생한 운영방법이 바로 지금까지도 많은 분들이 좋아해주는 '책 2권 구매 시, 커피 무료'라는 정책이다. 이 짧은 문구에 북바이북은 책을 살 수 있는 곳이자 커피를 마실 수 있는 곳이라는 설명이 모두 들어있었기 때문에 자연스럽게 손님들에게도 북바이북이라는 공간의 성격에 대해 정확하게 인지시킬 수 있었다.

커피만 마시러 왔던 손님도 커피를 무료로 마시기 위해 기꺼이 책 2권을 구매하기도 하고, 동네책방에서 이런 이벤트가 벌어지는 것이 재미있었는지 직장 동료들을 데리고 함께 방문해 주기도 했다. 그런 손님들은 내가 말하기도 전에 동료에게 북바이북에서 커피를 무료로 먹는 법을 알려주었다.

북바이북은 중고책을 제외한 모든 책을 할인해서 판매하지 않기 때문에 책을 2권 구매한 사람들에게 작은 혜택을 주고 싶은 마음이 컸다. 그래서 술 먹는 책방 북바이북 2호점을 오픈하고 나서는 맥주를 무료로 마실 수 있는 다양한 방법을 고민 중이다. 이미 책 3권 구매 시 혹은 북바이북 프리미엄 회원 가입 시 맥주를 무료로 마실 수 있는 정책을 시행 중이긴 하지만, 책과 맥주를 더욱 절묘하게 조화시킨 매력적인 서비스를 하기 위해 열심히 고민 중이다.

한번에, 그것도 오프라인 매장에서 정가대로 책 3권을 구매할 사람이 얼마나 되겠냐 싶기도 하지만 그래도 운영을 해보니 동네책방에서 맥주를 무료로 마실 수 있는 것이 재미있느지 맥주를 마시기 위해 3권의 책을 일부러 구매하는 사람들이 꽤 많아졌다. 또한 퇴근 후에 들러 무심코 책 3권을 구매했는데 맥주까지 무료라는 말에 깜짝 놀라며 좋아하는 사람들도 있다. 이런 손님을 만날 때마다 손님들이 더욱 감동받을 수 있는 이벤트는 무엇이 있을까 하는 즐거운 상상을 멈출 수 없다.

그 외에 북바이북에서는 책꼬리와 독서카드를 써 주는 사람들에게 커피를 무료로 제공하고 있다. 책꼬리는 북바이북에 있는 책, 북바이북에 없는 책, 북바이북에서 구매한 책, 북바이북에서 구매하지 않은 책, 북바이북에 추천해주고 싶은 책 등 자유롭게 쓸 수 있는 책 추천평을 말한다. 매장에 들렀을 때 책꼬리로 디자인된 하얀색 도화지에 직접 손글씨로 써 줘도 되고 바쁜 사람들은 메일로 보내기도 한다. 손님들이 정성들여 한 땀 한 땀 써 준 책꼬리 원본은 코팅을 해 북바이북에 진열, 영구 보관된다. 원본 외에 텍스트를 인쇄하여 만든 책꼬리는 손님들이 마음대로 가져갈 수 있도록 별도 공간을 마련해 진열을 해 두었다. 굳이 책을 구매하지 않아도, 굳이 그 책을 읽지 않았어도 책꼬리에 감명받은 사람이라면 누구나 책꼬리를 마음대로 가지고 갈 수 있다. 북바이북이라는 공

북바이북을 방문한 많은 독자들이 써준 다양한 책꼬리들. 정성껏
쓴 책꼬리를 발견할 때마다 과연 책꼬리 시스템이 잘 운영될 수
있을지 반신반의하던 내 마음을 다잡는 계기가 된다.

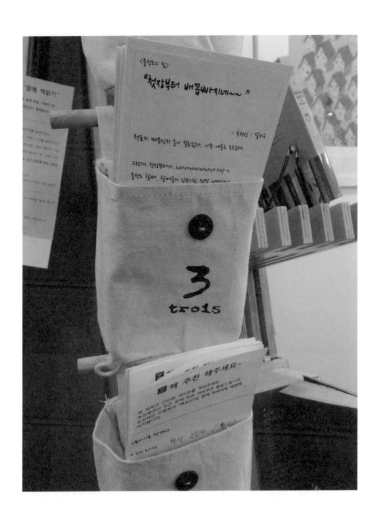

간에서 조금이라도 영감을 받은 사람들에게 일종의 기념품 (?)같은 역할을 하는 것이 바로 이 책꼬리가 아닐까 싶다.

또한 생각 외로 많은 사람들이 좋아해 주는 북바이북 정책 중 하나가 있다면 바로 독서카드다. 나 역시 어릴 적 도서관에서 책 대여를 하면서 책 뒤에 붙어 있는 독서카드에 대여 날짜 등등을 기록했던 추억이 있다. 누구나 한 번쯤 독서카드를 써 보았던 아련한 추억을 간직하고 있기 때문인지 북바이북에 비치되어 있는 독서카드를 보며 반가워하는 사람들이 많다.

요즘 누가 독서카드를 쓰나싶지만 북바이북에 방문할 때만큼은 내 이름이 적힌 독서카드가 있어 조금씩 채워 나간다면 1년에 책 1백 권 읽기 도전 같은 건 부담이 아닌 재미로 느껴지지 않을까 싶어 별 기대없이 시작했던 것인데 의외로 많은 사람들이 참여해 주어서 하루 하루 보람을 느끼고 있다.

독서카드 역시 북바이북에서 구매한 책이 아니어도 어디서든 읽은 책에 대한 간단한 10자평을 함께 채워 나갈 수 있다. 독서 카드 10권을 채울 때마다 커피를 무료로 제공하고 있는데 한 번 방문에 10권 모두 채워 적고 커피를 무료로 마시는 손님을 만날 때면 놀람과 동시에 존경심까지 생긴다. 또

한 독서카드만 작성하기 위해 북바이북에 방문하는 사람들도 생각보다 많이 있다. 그렇게 쌓인 독서카드 수만 벌써 2백여 장. 독서카드는 요즘 북바이북 고객들이 어떤 책을 읽고 있는지 참고하거나 북바이북 책 큐레이션 할 때도 도움을 받고 있다. 10자평이라는 작은 공간에서 매우 정성스럽게 책 추천글을 적은 독서카드를 만날 때마다 그 마음이 통한 듯 가슴이 '징~' 하고 울린다.

읽지도 않았는데 거짓말로 책을 10권 채워 넣는 사람들이 있으면 어떻게 할 것이냐고 도리어 손님들이 걱정해주곤 하는데, 나는 그냥 손님들의 양심에 맡길 뿐이라고 말한다. 그렇게 해서라도 커피를 무료로 마시고 싶다면 그냥 그렇게 하는 게 건강에 해롭지 않을 테니까.

그외 북바이북 커피 무료로 먹는 방법에는 북바이북에서 구매한 책을 다시 판매할 때, 책을 구매할 때 쌓이는 적립 포인트로, 비 오는 날, 혹은 눈 오는 날 책 구매할 때 등이 있다.

특히 비 오는 날 혹은 눈 오는 날 책 구매 시 커피 무료라는 내용에 많은 분들이 웃음을 '피식' 터트리는 것을 보았다. 궂은 날씨에도 불구하고 북바이북까지 와서 책을 구매하는 사람들에게 진심으로 고마워서 적어둔 것인데, 손님들이 느

끼기에는 꽤나 감성적으로 느껴졌나 보다. 어찌 되었든 고객들과 통하는 부분이 많아진다는 것은 책방 주인장으로서 참으로 행복한 일이다.

북바이북에서 구매한 책은 북바이북에 다시 판매할 수 있다. 인터넷 서점에서 할인받아 책을 구매할 수 있음에도 불구하고 굳이 정가로 판매하는 동네책방에서 구입하는 사람들이 조금이라도 부담스럽지 않게 책을 구매할 수 있도록 하기 위함이다. 덕분에 할인받지 않는 책을 부담없이 구매하는 사람들도 꽤 많아진 것 같다.

북바이북에서 커피 무료로 마시는 법. 아직까지는 이 정도의 내용뿐이지만 앞으로 책을 더욱 많이 보고 싶게 만드는 그 무엇과 연결된다면 무한정으로 늘어날 수 있을 것이다. 북바이북에서 책을 사면 받는 혜택이 너무 많아서 행복할 지경에까지 이를 수 있는 감동적인 그 무엇인가를 꾸준히 만들어가고 싶다. 온라인 서점 혹은 다른 대형 서점과는 다른 동네책방의 묘미는 바로 이런 사소한 것에서 느껴지는 것일 테니까.

커피 무료로 먹는
6가지 방법
① 구매한책 다시 판매를~
② 책꼬리 써 주시면
③ 독서카드 채울때마다
④ 책 2권 구매시
⑤ 책 구매시 적립포인트로
⑥ 비오는날 책구매시

북바이북에만 있는 책장 카테고리,
'상암동 PD님들'

북바이북에는 '책장꼬리'라는 것이 있다. 책장꼬리가 무엇이냐 하면, 보통 대형 책방에 가면 만날 수 있는 '경제, 경영' '에세이' '소설' 등의 이름으로 책을 분류하여 서가 진열을 하고 있는 것과 비슷한 것이라고 보면 된다. 북바이북에서는 왠지 대형 서점에서 분류하고 있는 카테고리로 서가를 진열하는 것이 어울리지 않을 것 같았다. 아니 그렇게 큰 카테고리로 분류하기에 책 종류가 많지 않은 탓에 적은 종류의 책으로 어떻게 효율적으로 큐레이션하여 책장을 진열할 수 있을지 고민하던 끝에 떠오른 아이디어가 바로 '책장꼬리'였다.

동네책방은 작은 책방만의 특색 있고 재미있는 요소가 있어야 주인장도 손님도 지루하지 않게 공간 안에서 오랫동안 행복을 느낄 수 있는 것 같다. 규모가 작을수록 주인장의 개성이 듬뿍 드러나야 공간의 매력이 돋보이는 것이다. 그래서 북바이북 곳곳에는 최대한 재미있는 요소를 반영할 수 있는 글귀를 적어두거나 상품을 진열해 두어 곳곳에서 최대한 주인장의 손길이 느껴질 수 있도록 노력하는 편이다. 디테일하게 하나하나 신경을 쓰다 보면 시간도 많이 걸리고 그만큼 체력도 많이 소모되기 때문에 힘들 때도 있지만, 편하게 생각하기 시작하면 한도 끝도 없이 풀어지는 내 성격을 누구보다 잘 알고 있기에 작은 것 하나도 소홀하지 않도록 귀찮아지려는 마음을 다잡고 또 다잡는다.

북바이북 디테일의 끝판왕이라고 볼 수 있는 책장꼬리는 '그린라이트인가요?(연애서적)' '19금(성인책)' '이 작가 홀릭 중(개인 작가 별)' '콧바람 쐬러 눈누난나~(여행)' 등 내 머릿속에서 반응하는 대로 책 분류명을 지어둔 것이 많다. 서가를 구경하던 손님들이 책장꼬리를 보고 키득키득 웃을 때만큼 보람이 느껴지는 때도 없다.

하루는 한 여성이 방문했다. 지인 SNS에 북바이북 사진이 올라온 것을 보고 너무 예뻐서 한번 와보고 싶었다고 말했다. 알고 보니 그 사람은 당시 MBC 상암동 신사옥 건설 프로젝트를 총괄하고 있는 사람이었다. 그 전에는 MBC 다큐멘터

평소 영화 〈카모메 식당〉을 좋아했던 터라 원작소설을 만났을 때 반갑기 그지없었다. 영화 속 주인공이 정성스럽게 오니기리를 만들던 장면이 인상적이었던 만큼 오니기리 요리책과 함께 진열을 해두었다. 책장꼬리 이름은 '영화 〈카모메 식당〉 그 이후'.

리 PD였다. 흔히 만날 수 없는 사람을 만났다는 생각에 깍듯하게 인사 한 후 이것저것 궁금한 것들을 물어보았다. 그런데 알고 보니 〈안녕?! 오케스트라〉라는 TV 다큐멘터리를 만들어서 한국인 최초로 에미상 예술 프로그램부분 대상까지 받은 사람이었다. 업계에서는 소문이 자자할 정도로 유명한 사람인데 이런 사람이 북바이북에 오다니 영광스럽지 않을 수 없었다. 솔직히 〈안녕?! 오케스트라〉라는 작품을 잘 몰랐던 나는 그 날로 바로 집에 가서 가족들과 함께 영화를 보았다. 리처드 용재 오닐이 다문화 가정 아이들과 함께 오케스트라를 꾸려가면서 벌어지는 다양한 이야기들을 담고 있는, 잔잔하면서도 긴 여운이 남는 감동적인 영화였다. 공연히 에미상까지 받은 것이 아니다 싶었다. PD는 영화를 찍은 이후 책으로도 〈안녕?! 오케스트라〉를 발간했고 책이 있다는 사실을 안 나는 반가운 마음에 바로 북바이북에 입고를 하였다. 역시나 인세는 모두 실제 〈안녕?! 오케스트라〉 운영 기금으로 사용할 예정이라고 한다. 영화에서 느꼈던 감동만큼이나 마음까지 따뜻한 PD의 또 다른 면을 알게 되는 순간이었다.

그렇게 PD와의 인연이 있은 후로 다른 책들을 살펴보니 방송국 PD, 작가들 중에 책을 발간한 사람이 꽤 많았고, 나

영석 PD 책은 이미 북바이북에서 절찬리에 판매되고 있던 터라 한 칸의 책장으로 구성할 수 있겠다는 생각이 들었다. 게다가 미디어 기업들의 밀집 지역인 상암동에 아주 잘 어울리는 책장꼬리를 발견했다는 생각에 신이 났다.

주철환 PD, 이재익 PD, 정현정 작가 등 다양한 책들이 눈에 들어왔고, '상암동 PD님들ㅋㅋ'라는 책장꼬리는 그렇게 완성이 되었다. 전국에 있는 서점 중 유일하게 북바이북에만 존재하는 책 분류 카테고리명. 괜한 자부심이 책방 운영을 더욱 활기있게 할 수 있도록 만들어 주는 것 같다.

PD 덕분에 탄생한 전국 유일 책방 카테고리 '상암동 PD님들ㅋㅋ'.

북바이북이 지금에 이르기까지 여러가지 큰 도움을 준 PD를 봐서라도 북바이북을 더욱 알차게 운영해야겠다는 생각이 든다.

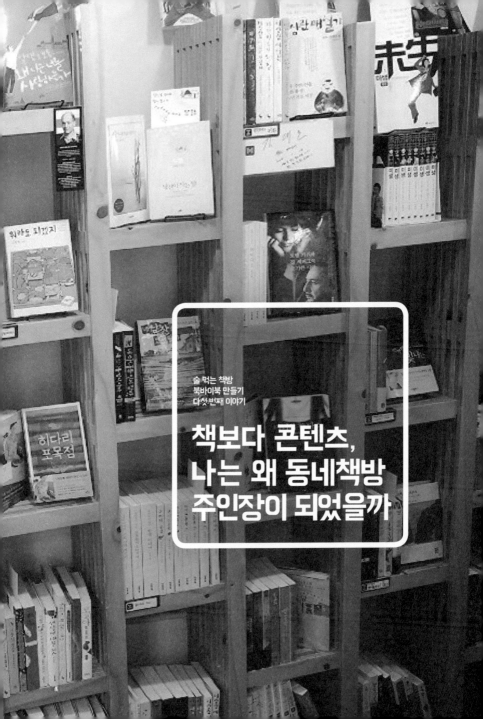

술 먹는 책방
북바이북 만들기
다섯 번째 이야기

책보다 콘텐츠,
나는 왜 동네책방
주인장이 되었을까

BOOK
BY
BOOK

어느덧 30대 중반이 되었다. 이쯤 되고 보니 정신없이 앞만 보고 달리는 시간의 와중에도 어느 날 문득 어린 시절의 한 장면이 떠오를 때가 있다. 보통 사람들이 '나는 지금 왜 이런 일을 하고 있을까' 내지는 '이 사람과의 인연은 언제부터 시작된 것일까' 같은, 문득 현재 생활의 근원을 찾아나서는 생각 여행을 할 때마다 뚝뚝 끊겼던 필름이 순간 이어져 재생되는 것처럼 어린 시절 한 장면, 한 장면이 머릿속에 떠오르곤 한다.

"어렸을 때부터 그렇게 이야기를 잘 지어내더니 결국 글 쓰는 걸로 먹고 사는구나."

내 인생의 두 번째 책 『탐나는 동업 20』이 출간되었을 때 엄마가 지나가면서 툭 내뱉은 말이다. 그때 갑자기 머릿속을 스치는 어린 시절의 한 장면이 있었다.

때는 초등학교 여름 방학. 방학 때마다 늘 탐구생활과 일기숙제를 싫은 티를 팍팍 내며 끙끙거리며 했던 기억이 난다. 특히나 매일 써야 하는 일기는 더더욱 그랬다. 일기는 숙제라는 이름의 짐. 그 평범한 날들이 이어지던 어린 시절, 매일 새로운 일이 일어날 리는 없고 그렇다고 짧은 글로 끝내는 밋밋한 일기는 쓰기 싫고. 지금도 그렇지만 어릴 때에도 나의 성향은 한번에 집중해서 해야 할 일을 끝내 놓고 나머지 시간을 여유롭게 보내는 업무(?) 스타일이었던지 '매일' 일기를 써야 하는 임무 아닌 임무는 매우 하기 싫은, 지루한 일이었다. 때문에 개학이 다가올 때쯤 며칠 꼬박 방에 틀어 박혀 밀린 일기를 몰아서 한꺼번에 쓰는 것은 내 초등학교 시절 줄곧 있었던 일종의 '개학 세레모니'라 할 수 있었다.

하기 싫은 일도 집중적으로 반복해서 하다 보면 신기하게도 요령이 생긴다. 초등학교 시절 밀린 일기를 쓰면서 이 사실을 터득한 이후로 난 하기 싫은 일을 마주했을 때 미루고 미루다 어느 날 갑자기 몰아서 집중적으로 해치워버리는 노하우 아닌 노하우가 생겨버렸다. 미리미리 여유롭게 해 두는 것도 물론 좋지만 지금 쓰고 있는 원고 같은, 마감 일정이 정해져 있는 일일수록 마감에 쫓겨 집중적으로 몰아서 해야 일이 더 잘 되는 것 같다. '세 살 버릇 여든 간다'는 옛 어른들의 말씀이 괜히 있는 게 아닌 듯 난 이미 이러한 습관이 몸에 배어 버렸다.

'벼락 일기 쓰기'의 시작은 탁상 달력을 앞에 가져다 놓는 일부터 시작한다. 그러고는 일기가 밀려있는 날짜를 하루하루를 짚어가면서 그날 어떤 일이 있었는지, 재미있는 에피소드는 무엇이었는지 등 하루 이야기의 소재가 될만한 '이슈'를 떠올리며 글의 주제를 잡는다. 주제가 잘 잡힌 날은 글이 술술 잘 써지기도 하지만 그렇지 않은 날은 서두를 시작하는 것조차 왜 그렇게 어렵던지. 그때부터 이미 글을 쓰는 일이란 결코 쉬운 일이 아니라는 것을 체득하고 있었던 것 같기도 하다. 그렇게 일기쓰기 진도가 잘 나가지 않는 날이 여러 번 반복되면 더욱 일기가 쓰기 싫어진다. 그러면 또 걷잡을 수 없는 분량으로 일기가 밀려버려 더욱 쓰기 싫은 악순환에 빠져들고 만다. 때문에 그 어린 나이에도 나름대로 생각한 특단의 방법이 하나 있는데 바로 일기에 '픽션fiction'을 더하는 것이다!

일명 '에피소드 꾸며내기'

벼락 일기를 읽고 '참, 잘했어요' 도장을 꾹꾹 눌러 찍어준 초등학교 담임선생님들에게는 뒤늦게나마 죄송하단 말씀을 먼저 드려야 할 것 같다. 그때부터 난 에피소드 만들기 신공을 자랑하며 아주 쉽게 한바닥 가득 일기를 써내려 갈 수 있었다.

'하교하고 돌아오는 길에 무거운 짐을 짊어진 할머니께서 혼자 힘들게 걸어가고 계셔서 도와드렸다. 할머니께서는 착한 아이라고 칭찬해 주시며 용돈 500원을 주셨다. 보람 있고 기분 좋은 하루였다."

에피소드를 꾸며 쓴 내용 중 유독 기억에 남는 일기다. 그때 당시 일기에 에피소드를 더하는 작업을 하면서도 나름대로 일정한 기준을 갖고 있었던 것 같다. 그것은 바로 내가 돋보일 수 있는 에피소드, 훈훈한 내용, 칭찬받을 만한 어떤 내용을 첨가하는 것. 그 어린 아이가 일기를 검토하는 선생님의 평가까지 의식하면서 글을 써내려 간 것이다. 어린 나이에 어쩌면 그런 발칙한 생각들을 했었는지. 성인이 되어서는 그렇게까지 잔머리를 굴린 일이 거의 없었는데, 역시 사람은 궁지에 몰리면 엄청난 초능력을 발휘하나 보다.

"어쩜 이렇게 그럴 듯하게 잘 꾸며 쓰니?"

엄마는 에피소드를 만들어 일기를 써내려 가는 내가 신기했는지 이렇게 말씀하곤 했다. 만약 그때 엄마가 칭찬 대신 일기를 지어서 쓰는 것에 대해 심한 꾸중을 했다면 난 지금 아마도 글을 쓰는 일과는 멀어졌을 거라는 생각을 해본다. 그런 의미에서 엄청나게 밀린 일기를 하루 종일 방바닥에 엎드려 어떻게 해서든지 써보려고 노력하는 어린 딸을 칭찬으로 북돋워 준 엄마에게 이 글을 빌어 다시 한번 진심으로 감사드리고 싶다. 엄마는 아직도 내가 무슨 책을 쓴다고 하거나 글을 쓸 일이 있다고 하면 그때 그 일기의 내용을 줄곧 말씀하신다. 그러다가 이렇게 책방 주인장까지 되었으니 나름 엄마는 될성부른 나무의 떡잎을 잘 알아보신 셈이 아닐지. 훗!

그렇게 벼락 일기를 쓰며 초등학교 시절을 보내고, 그 덕인지 대학교에 가서도 국어국문학과를 전공하며 어마어마한 양의 글을 쓰고, 졸업 후에는 기자 생활을 시작하며 또 그렇게 글을 쓰고 살았다. 그렇게 지금까지의 내 인생은 항상 글 쓰는 삶의 연속이었고, 글 쓰는 일로 먹고 사는 일을 하지 않을 때에도 글을 쓰지 않으면 내 안의 무언가가 해갈되지 않는 것 같은 그런 느낌이 들었다. 그래서 난 일부러라도 글을 써야 하는 상황을 계속 만들어냈었던 것 같기도 하다. 그렇게 바쁜 직장 생활을 하면서도 내 인생의 첫 번째 책 『제주, 느리게 걷기』와 두 번째 책 『탐나는 동업 20』이 세상에 나왔으니 말이다.

북바이북을 운영하다 보면 자연스럽게 요즘 사람들이 어떠한 것들에 관심이 있는지, 손님 한 사람 한 사람의 반응을 통해 알 수 있게 된다. 요즘은 유독 '글쓰기'와 관련된 책들이 많이 발간되고 있고, 손님들 역시 많이 찾는다. 왜 이처럼 글쓰기와 관련된 다양한 책들이 우후죽순으로 발간되고 있는 것일까.

책을 읽고 단번에 팬이 되어버린 강신주 박사의 『강신주의 다상담』 시리즈에는 이런 내용이 있다.

'누구나 내가 주인공인 삶을 살아야 행복한 느낌을 가질 수 있다. 그런데 그 느낌을 일상에서 가장 쉽게 느낄 수 있는 것이 '글쓰기'와 '연애'다.'

이 글을 읽는 순간 내가 왜 글 쓰는 것을 좋아하는지 명백하게 이해할 수 있었다. 내가 글쓰기를 좋아하는 이유는 '내가 주인공'인 그 느낌이 좋았기 때문이었다. 꼭 내 이야기를 쓰지 않아도 인터뷰를 통해 다른 사람들의 이야기를 쓰는 것 역시도 내 입장에서 느낀 상대방에 대한 이야기를 풀어 쓰는

술먹는 책방

것이기 때문에 내가 주인공인 느낌을 충만하게 느낄 수 있었다. 그리고 내가 쓴 글을 읽고 감흥을 얻은 독자들을 만날 때마다 느낄 수 있는 감동은 나의 자존감을 높이는데 한몫했다.

글을 쓴다는 것은 이렇게 쓰는 과정에서도 그리고 쓰고 난후에도 나를 삶의 주인공으로 만들어 주는, 내 자존감을 높여주는, 내 인생에서 아주 중요한 행위 중 하나였던 것이다. 내인생 처음으로 나의 이야기를 덤덤하게 쓰고 있는 지금 이 순간도 오로지 나에게만 집중할 수 있는 시간이기 때문에 행복하게 작업을 하고 있는 것 같다.

곰곰이 생각해 보면 아니 그냥 생각해 봐도 난 책을 그렇게 많이 읽지 않는다. 책 읽는 것을 좋아하긴 하지만 '독서광'이라고 불릴 만큼 늘 책을 옆구리에 끼고 살지는 않는다는 것이다. 책과 관련된 페이스북 커뮤니티만 살펴 보아도 소위 말하는 책벌레들은 확실히 독서량이 어마어마하다. 그런 점에서 나는 책 자체보다는 글쓰기의 연장선에서 콘텐츠를 다루는 것을 좋아한다고 하는 게 맞는 것 같다.

책은 트렌드의 가장 최전방에서 트렌드의 시작을 알리는 가장 최소 단위의 콘텐츠이다. 독서광이 아닌 콘텐츠를 좋아하는 사람으로서 난 책방 주인장이 되어 있는 것이다.

북바이북은 굳이 '책=독서'라는 공식이 성립되지 않더라도 부담없이 책과 한 공간에 있고 싶은 사람들이 모이는 곳이다. 커피만 마시고, 음악만 듣고 있어도 마음이 편안해지고 설렘을 느낄 수 있는 곳, 그런 공간이면 족하다고 생각한다. 이제 이 책이 발간되고 난 이후에는 '책을 정말 많이 읽으시나 봐요?'라는 부담스러운 질문은 받지 않으리라 믿어 의심치 않는다. (웃음)

PART 5

우연과
인연을
잇다

별일 많은 상암동 동네책방,
그래서 재미있는 작은 세상

사람이라면 저마다 로망 한 가지씩은 가지고 있을 것이다. 이
상형과 딱 맞아떨어지는 연인을 만나는 로망, 세계일주 여행
을 떠나는 로망, 어느 날 복권에 당첨되는 로망 같은 것들. 그
것은 현실적으로 이루어지기 꽤나 어렵기 때문에 더욱 로망
으로서의 가치가 있는 것 같다.

　나 역시도 로망이 하나 있었다. 내가 좋아하는 공간에서,
내가 좋아하는 사람들을 초대하여 술 한잔 곁들이며, 내가 좋
아하는 음악을 함께 들으면서 편안한 담소를 나누는 그런 장
면을 말이다. 그것이 집이든, 바깥이든 그 어디든지 상관없었
다. 중요한 건 나의 공간에서 내가 좋아하는 사람들과 좋아하
는 일을 하는 것이었다. 집이라는 공간은 여전히 부모님과 함
께 살고 있으므로 조만간 실현될 가능성이 없어 보였고 그렇

다고 밖에서 찾자니 부모님과 함께 살고 있고 직장도 집과 가까운 입장에서 선뜻 독립하기가 쉽지 않았다. 차라리 자기만의 공간이 필요한 예술가로서의 삶을 살고 있었다면 작업실을 핑계삼아 그러한 공간을 만들어볼 수 있었을 테지만 내 삶은 예술가와는 거리가 먼, 지극히 평범한 직장인의 삶으로 흘러가고 있었기에 그것 또한 불가능했다.

하지만 어쩌다 보니 난 그렇게 머릿속으로만 상상하던 장면을, 수도 없이 꿈꾸던 로망의 삶을 현재 살고 있다. 나만의 느낌으로 만든 '북바이북'이라는 공간에서 내가 좋아하는 음악을 들으며 내가 좋아하는 사람들과 함께 공간을 나누고 있는 것이다.

얼마 전 북바이북에서 출간기념회 같은 행사를 하고 싶다며 한 작가가 방문했다. 출간기념회라고 하기엔 좀 거창하니 그냥 부담없이 지인들만을 초대한 조촐한 행사를 열었으면 좋겠다는 설명을 덧붙였다. 나 역시 북바이북이란 장소가 탄생한 순간부터 이 공간을 활용하여 함께 할 수 있는 여러 가지 일들을 상상하곤 했다. 좋아하는 뮤지션의 콘서트, 좋아하는 작가와의 만남, 좋아하는 사람들과의 파티 같은, 북바이북에서 할 수 있는 것이라면 무엇이든지 해보고 싶었다.

"아, 저도 북바이북을 하면서 이런 행사들을 많이 해보고 싶었어요. 앞으로 북바이북을 운영하는 데에도 큰 경험이 될 것 같습니다."

출간기념회를 협의하러 온 작가에게 이렇게 말했더니 "그건 누구에게나 로망이지 뭐"라는 대답이 돌아왔다. 그렇다. 그 순간 내 로망이 무엇이었는지, 내가 정말 하고 싶었던 것이 무엇이었는지 알 수 있었다. 그것이 너무나 빨리 현실로 이루어져서 잠시 잊고 있었던 것 같다.

언니가 북바이북에 합류한 이후 북바이북은 더욱 활기차고 생동감 있게 변했다. 역시 같이 의지하고 으쌰으쌰 힘을 모을 수 있는 사람이 옆에 있다는 건 참 좋은 일이다. 언니가 든든하게 곁에 있어주기에 앞으로 나아갈 수 있는 힘을 얻을 수 있었다. 그래서 언니가 합류했을 즈음 처음으로 시도해 본 것이 바로 콘서트다.

북바이북 2호점은 17평의 규모로 사실 공연을 하기엔 크지 않은 공간이다. 성인 30여 명 정도가 서 있는 것만으로도 공간이 꽉 차는 곳. 그래서 감히 이 공간에서 공연이란 것을 할 수 있을까 싶었지만, 언젠가는 꼭 한 번 해보고 싶었다. 그러던 찰나 '홈메이드콘서트'라는 단체를 알게 되었다. 이름 그

대로 집에서 하는 콘서트를 만드는 사람들이다. 콘서트를 하고 싶은 집주인은 장소를 제공하고 공연 관람을 하러 오는 사람들은 약간의 돈을 지불하고 공연을 즐기면 된다. 누군가의 일상의 공간이 멋진 콘서트 현장으로 변신할 수 있는 순간이라니. 내가 그 장소를 제공하는 주인이라면 참 재미있는 경험이겠다 싶었다.

집을 제공할 수는 없으니 혹시 북바이북이라면 가능하지 않을까 싶어 의뢰를 했더니 홈메이트콘서트 담당자는 북바이북 같은 동네책방이 살아나야 한다며 흔쾌히 승낙해 주었다. 원래 상업공간에서는 콘서트를 해 본 경험은 없다고도 했는데, 책방이기 때문에 게다가 맥주까지 있는 책방이라는 것에 매력을 느꼈는지 오히려 더 적극적으로 콘서트 홍보를 해 주었다. 북바이북 고객들은 동네 작은 책방에서 콘서트까지 하냐며 좋은 반응을 보여주었고 그렇게 '홈메이드콘서트'와 함께 콜라보레이션으로 진행한 첫 콘서트는 생각보다 많은 사람들이 참석해서 성황리에 끝낼 수 있었다. 내가 좋아하는 일을 하면서 행복한 얼굴을 하고 있으면 그 에너지가 사람들에게도 전달되는 것이 느껴진다. 그 후로 북바이북에서는 드디어 동네아티스트 박근쌀롱과 함께 『너라는 우주에 나를 부치다』 김경 작가의 북콘서트를 개최했고, 조만간 상암쌀롱의 인연으로 만난 최고의 기타리스트 찰리정의 첫 북바이북 단독 콘서트 일정이 기다리고 있다. 또한 미니콘서트뿐만 아니라 작가와 독자가 가까이서 만나 맥주를 마시며 대화할 수 있는 작가 번개, 여행드로잉 강좌, 캘리그라피, 목도리 함께 뜨기 강좌 등 크고 작은 행사들을 만들어가고 있다.

다양한 행사를 기획하고 진행하면서 평소 만날 수 없었던 작가와 뮤지션들을 가까이서 만날 수 있다는 것은 큰 즐거움이다. 게다가 평소 북바이북을 모르고 있었거나 와보고 싶었는데 기회를 만들지 못하고 있던 손님들이 행사 참여를 통해 서로 만날 수 있는 것도 크나큰 기쁨이다. 행사를 진행하면서 확실히 더 많은 사람들과 끈끈한 인연을 만들고 있다는 느낌이 든다. 인연의 꼬리를 물고 또 다른 새로운 인연이 만들어지는 모습이 'Book By Book'이라는 이름과 너무도 닮아 있다.

북바이북과 인연이 되어 만난 사람들은 그 어떤 회사의 직장인으로 만난 사람들의 인연보다 확실히 그 농도가 짙은 것 같다.

이렇게 소중한 인연들이 모이고 있는 것만큼 비례해서 나 스스로도 성숙해지고 있음을 느낄 수 있으므로.

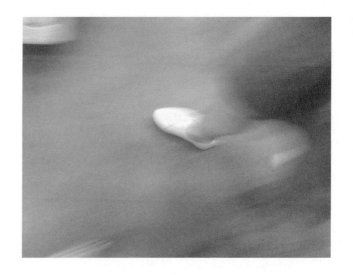

북바이북 1호점 옆집 지물포에 사는 상암동 명물 닥스. 처음엔 보기만 해도 사납게 짓더니 이제는 꼬리부터 살랑살랑 흔들며 짧은 네 다리로 아장아장 걸어나온다.

책과 맥주를 함께 즐기는 북맥파티 때 주문제작한 브라우니 케이크. 흔하지 않은, 새로운 그 무언가를 먼저 할 수 있다는 것은 크나큰 행복이다.

BOOK BY BOOK

〈비밀의 정원〉
독자 작품 전시

요즘 한창 붐이 일고 있는 컬러링북 『비밀
의 정원』 독자 작품 전시. 작품 전시를 위
해 열심히 일정에 맞춰서 색칠을 해준 독
자들에게 존경을 표한다.

북바이북을 방문한 유명인들. 매번 가슴이 벌렁거린다.

2013년 11월부터 본격적으로 진행되고 있는 북바이북 행사들. 꼬리에 꼬리를 무는 인연들이
이어져 대형 칠판이 꽉 찰만큼 행사일정이 점점 빽빽해지고 있다.

1호점 역시 벽을 활용하여 다양한 전시기획을 하고 있다. 사진 속 전시의 주인공은 황경신 작가의 연작소설 「한 입 코끼리」. 황경신 작가는 조만간 북바이북에서 '작가번개'도 예정되어 있다.

얼마 전에 있었던 『너라는 우주에 나를 부치다』 김경 작가와 박근쌀롱의 콜라보 북콘서트
현장. 불을 끄고 음악에 집중하니 책방 안이 하나의 작은 우주 공간처럼 느껴졌다.

북바이북 행사의 큰 축인 '창업 특강'의 첫 테이프를 멋지게 끊어준 『내 작은 회사 시작하기』
정은영 작가님. 강연회로는 쉽게 만나볼 수 없는 분이라 신청이 한도 끝도 없이 이어질 정도
로 강연회에 대한 반응은 폭발적이었다. 창업을 2번씩이나 성공한 장본인으로 북바이북도
많이 배울 수 있는 시간이었다.

문득 카운터가 아닌 손님들이 앉는 의자에 앉아 있다 보면 어느새 주인장은 온데간데없고, 북바이북의 분위기를 만끽하고 있는 손님이 된 나를 발견하곤 한다. 적어도 내가 좋아하는 공간이어야 한다는 생각에 가끔씩 손님 자리에 앉아 보는 것은 이제 나의 일과가 되었다.

북바이북 찾아 오는 방법

지하철 6호선 디지털미디어시티 역 하차 →
9번 출구 →
카페와 김밥집 골목으로 올라오다가 첫 번째 편의점 사거리에서 좌회전 →
놀이터까지 걸어 올라오다가 놀이터 옆 골목으로 쭉 들어오면 북바이북 본점 →
본점에서 세연이네 꽃방 쪽으로 약 10걸음 정도 걸어오면 북바이북 소설전문점

술 먹는 책방, 북바이북의 작은 역사

2013. 3 동네책방 시작의 결의를 다짐
2013. 4 북바이북 온라인 매체 상암홀릭 오픈
2013. 8 마음에 쏙 드는 북바이북 1호점 부동산 확정
2013. 9 대망의 북바이북 1호점 오픈
2014. 3 얼떨결에 북바이북 2호점 뜻을 도모
2014. 5 마음에 쏙 드는 북바이북 2호점 부동산 확정
2014. 6 대망의 북바이북 2호점 오픈
2014. 7~현재 술 먹는 책방으로 이름을 휘날리는 중

술 먹는 책방

초판 1쇄 인쇄일 2015년 1월 13일
초판 2쇄 발행일 2017년 9월 1일

지은이   김진양
펴낸이   배문성
디자인   형태와내용사이

펴낸곳   나무+나무
출판등록   제2012-000158호
주소   경기도 고양시 일산서구 송포로 447번길 79-8(가좌동)
전화   031-922-5049
팩스   031-922-5047
전자우편   likeastone@hanmail.net

ISBN 978-89-98529-06-2-03810